Klaus Modick

Ins Blaue

Roman

Rowohlt

Für die Zuhausegebliebenen

28.–30. Tausend September 1997

Veröffentlicht im Rowohlt Taschenbuch Verlag GmbH,
Reinbek bei Hamburg, März 1987
Copyright © 1987 by Rowohlt Taschenbuch Verlag GmbH,
Reinbek bei Hamburg
Umschlaggestaltung Erasmi & Stein
Gesamtherstellung Clausen & Bosse, Leck
Printed in Germany
1090-ISBN 3 499 15871 x

«Dann blickten wir wieder
zum Himmel auf. Da war nichts.
Er lag glatt, blau und halbhell.
Da war nichts.»
Kurt Tucholsky

I.

»Mit Urlaub«, meinte Trudi, »mit Verreisen, mein ich«, mümmelnd am abendlichen Käsebrot, »wird's ja wohl nichts dies Jahr.«

»Wieso denn? Ich denk, wir wollten endlich mal wieder nach Südfrankreich.«

»Südfrankreich? Ha! Du bist gut, mon cher. Und wer soll das bezahlen? Und außerdem: wenn schon Reise, dann will ich nach Nordafrika. Marokko oder so. Aber egal. Wer soll's bezahlen?«

Die Frage war nicht leicht zu beantworten. Wahrscheinlich war sie überhaupt nicht zu beantworten. Höchstwahrscheinlich hatte Trudi sogar uneingeschränkt recht. Ihr Referendarsgehalt deckte kaum die laufenden Kosten, Miete, Auto, Pipapo.

»Und meine sechshundertzweiundfünfzig Mark dreiundneunzig Arbeitslosenhilfe?« warf ich zaghaft zwischen Radieschen und hartgekochtem Ei ein.

»Besonders qualifizierte Fach- und Führungskraft«, definierte Trudi getragenen Beamtentonfalls. »Doktor bist du, ja. Doktor der Soziologie. Stellungsloser, heiß! Au«, sie blies auf dem Pfefferminztee herum. »Hoffnungslos überqualifizierter Akademiker bist du. Akademiker ohne außeruniversitäre Berufserfahrung. Jawohl. Deine Arbeitslosenhilfe«, pustete sie, »reicht ja kaum für die Haushaltskasse.«

»Sie würde reichlich reichen, wenn du dir nicht dauernd die neuesten Klamotten kaufen müßtest.«

»Müßtest! Du sagst es. Ich kann schließlich nicht

immer in der gleichen Garderobe in die Klasse kommen. Das weißt du genau. Mach mich doch zum Gespött der Schüler.«

Ich grinste auf meinen Teller hinunter und konnte sie sogar verstehen. Mit ihrem Spitznamen war sie wahrlich schon genug bestraft, denn weil sie mit Nachnamen Merkel hieß, hatten die Schüler der 8b sie gleich in der allerersten Hospitationsstunde Fräulein Ferkel getauft.

»Grins nicht so blöd! Und die Urlaubsreise kannst du dir abschminken. Hamburg im Sommer ist ja auch ganz schön.«

»Wunderbar...«

»Warum denn nicht? Ab und zu Ostsee. Hin und wieder Lüneburger Heide ...«

»... und Balkon und Alsterpark und Elbe...«

»... und Schwimmbad am Kaiser-Friedrich-Ufer.«

»Ach, Scheiße ist das doch. Abends wird's dann erst richtig langweilig. Totlangweilig.«

»Wieso?«

»Wieso? Weil wir dann allein sind, Mensch. Alle fahren in Urlaub. Restlos alle. Außer uns. Hilde und Jan fahren nach Ceylon.«

»Sri Lanka heißt das«, sagte Trudi. »Sri Lanka.«

»Meinetwegen auch Sri Dingsda. Und Bärbel und Michael nach Florenz.«

»Öde«, sagte Trudi. »Öde. Die fahren da jetzt das fünfte Jahr hintereinander hin.«

»Sind eben Kunsthistoriker.«

»Aber öde ist es doch.«

»Immer noch besser als KaiFU-Bad und Elbewanderweg.«

»Vergiß es, Mann«, sagte Trudi mit Pfefferminztee im Mund und hustete. »Vergiß es. Ich muß sowieso an andere Sachen denken jetzt. Meine zweite Staatsarbeit liegt dringend an. Unterrichtseinheit. Sekundarstufe Zwei. Deutsch. Leistungsfach.«

»Wie aufregend.«

»Ja. Und du...«

»Und ich?«

»Du schreibst weiter hübsch Bewerbungen«, sagte sie und sah mich nicht an. Sie hatte nun mal diese geniale Art, mich zu verletzen, ohne es zu wollen. Manchmal in den letzten Wochen schien sie allerdings sehr wohl zu wollen. Dieser Urlaub im trauten Heim würde grauenhaft werden. Wenn Trudi mir jetzt schon so auf den Keks ging...

»Was guckst du denn so beleidigt?«

»Nix.«

»Nix nix! Sag ruhig, sprich dich aus.«

»Du gehst mir auf den Sender.«

»Ach ja? Meine Kontoauszüge gehen dir aber gar nicht auf den Sender, oder?«

Wir schwiegen und versuchten zu verdauen.

»Na ja«, sagte ich, »sind auch noch gut sechs Wochen bis Ferienanfang.«

»Eben. Also, vergessen wir's.«

»Was?«

»Das Verreisen.«

»Hm. Und Klaus und Jamie fahren nach Sardinien.«

»Warum sagst du eigentlich immer Klaus und Jamie? Immer nennst du die Männer zuerst...«

»Gott, Trudi. Was soll's? Und Edith fährt erst nach New York, und von da weiter nach Jamaica. Rastas aufreißen. Das möchtest du wohl auch mal gerne, was?«

»Ich? Was?«

»Eben Jamaica. Rastas und so. Ich Bob Marley – du weiße Frau. Erst Ganja, dann Reggae, dann Fickifikki.«

»Kurt, du bist eine alte Sau. Lieber mit Ganja als deine schlaffen Langeweileficks.«

»Sag das noch mal.«

»Ach, laß mich in Frieden. Ich muß in 'ner halben Stunde in der Schule sein.«

»Abends? Wieso das denn? Konferenz?«

»Spar dir die Untertöne. Ironie schaffst du doch nicht. Wenn du's genau wissen willst: Elternabend.«

»So, so.«

»Ja, so. Und jetzt geh ich. Du bist mit Abwaschen dran.«

»Laß mich in Frieden.«

»Nichts lieber als das!«

Sie machte sich fein. Piekfein sozusagen. Verdächtig fein. Elternabend? Sie knallte die Wohnungstür hinter sich zu.

»Du sollst die Türen nicht so knallen!«

Sie hörte das nicht mehr.

II.

Elternabend, hört hört. Ob der Herr Kollege Neugebauer, dieser Englisch und Sport unterrichtende Schönling, auch anwesend sein würde? Laß sie. Es war egal. Der Abwasch war mir auch egal. Ich ging in die »Alte Mühle«.

Fred Steinmann, genannt Feuerstein, abgebrochener Germanistikstudent und verhinderter Dichter, war längst da. Eigentlich war er immer da. Insofern war er zuverlässig.

»Na?«
»Na?«
»Alles klar?«
»Geht so.«
»Ist das alles?«
»Hm. Ja...«
»Wenig los heute.«
»Ja. Urlaubszeit fängt an.«
»Richtig. Und Trudi und du? Wohin soll's diesmal gehen?«
»Eigentlich Südfrankreich...«
»Südfrankreich«, seufzte Feuerstein. »Ah, Südfrankreich«, und stieß den Rauch seiner Gauloise in mein Gesicht. »La provence! Le pain blanc! Vin de pays! Maïs filtre! La Camargue! Les filles! Les femmes! Et manger, et dormir...«
»Moment mal, Feuerstein...«
»Un petit moment«, sagte er und fing zu singen an: »Plaisir d'amour ne dure que un moment, chagrins d'amour durent toute la vie.«

Singen konnte er also auch nicht, quatschte aber unverdrossen weiter.

»O la la, Südfrankreich. Très bien, mon ami. Formidable. Sprichst du überhaupt Französisch?«

»Schon, ja. Ziemlich gut sogar, aber...«

»Schule?«

»Ja, Schule. Später auch noch Studium. Aber auf der Schule fing es an. Deutsch-französisches Jugendwerk. Damals, Oberstufe Gymnasium. Heißt heute irgendwie Sek Zwo oder so. Austauschprogramm. Perpignan. Spanische Grenze da unten. Da hab ich übrigens Trudi kennengelernt.«

»Ach was? Sebi! Bring mal zwei Côte du Rhone, ja. Auf meinen Deckel. Erzähl doch mal, Mensch.«

»Feuerstein, hör mal. Ich wollte eigentlich...«

»Ich hör doch. Ich bin doch ganz Ohr. So lange kennst du Trudi schon?«

»Ja. So lange kenn ich die schon. Unglaublich. War folgendermaßen: In diesem Programm waren halt Leute aus verschiedenen deutschen Schulen und Städten, die dann ein paarmal zu so Freundschaftstreffen mit den französischen Schülern und Gasteltern eingeladen wurden. Wir natürlich immer gerne hin, Französinnen aufreißen und...«

»Ahhh, Französinnen!«

»Ja, Französinnen. Was sonst? Also, auf einem dieser Treffen, Lagerfeuer und Gitarrengeklampfe, Dylan, Françoise Hardy, Peter, Paul und Mary, Michel Polnareff, der ganze Sechziger-Jahre-Scheiß, Rotwein, Baguettes...«

»Camembert auch?«

»Was? Ja sicher, klar. Camembert auch. Und Rotwein.«

»Logisch.«

»Also, ich seh plötzlich diese Frau, na ja, Frau. Sie war siebzehn, ich achtzehn. Dunkle lange Haare, grüne Augen, Spitzenfigur und denk, das is sie!«

»Is wer?«

»*Die* Französin!«

»*Die* Französin«, ließ Feuerstein über die Zunge rollen und bot mir eine Zigarette an.

»Ja. Ich also ran wie Nachbars Lumpi. Unheimlich den Liebeskasper rausgehängt, charmant, charmant. Auch der Deutsche weiß zu flirten. Und alles auf französisch, versteht sich.«

»Versteht sich.«

»Und sie immer auf französisch zurück.«

»Versteht sich.«

»Nein, versteht sich eben nicht mehr.«

»Wieso?«

»Na, weil es Trudi war.«

»Hä?«

»Trudi, ja. Die hat gedacht, ich wär Franzose, weil ich doch die ganze Zeit parliert hab wie Voltaire persönlich. Und sie wollte natürlich auch 'nen Franzosen.«

»Du und Franzose... Na ja. Und dann?«

»Dann haben wir auf einmal gemerkt, daß wir beide Deutsche sind.«

»Wie auf einmal?«

»Ich hab sie gefragt, ob es irgendwie eine Möglichkeit gibt, sich zu verdrücken. Du weißt schon, faire l'amour ...«

»O la la, l'amour!«

»L'amour, ja doch. Gab aber keine Möglichkeit, weil Trudi mit ihren Gasteltern nach Hause mußte. Gasteltern, sag ich ganz blöd auf deutsch. Ja, Gasteltern, sagt sie, auch auf deutsch. Wir gucken uns an, ich sag noch: Scheiße, und da fängt sie zu lachen an und ich natürlich auch. Und dann haben wir uns immer ordentlich Liebesbriefe geschrieben. Sie wohnte ja damals noch in Frankfurt. Und dann... Na ja, den Rest der Geschichte kennst du.«

»Ja, glaub schon. Kenn ich. Dolle Sache aber. Doch doch.«

»Ach Scheiße. Warum hab ich Idiot mir damals nicht wirklich 'ne Französin gegriffen. Ausgerechnet Trudi. Obwohl...«

»Obwohl was?«

»Soll ja auch viel Legende sein, das mit den Französinnen.«

»Legende? Spinnst du, Kurt? Ah, Französinnen.«

»Was ah?«

»Französinnen«, sagte Feuerstein wie gedruckt, und »Sebi! Noch zwei Rote, auf Kurts aber jetzt. Französinnen sind eigentlich sehr vernünftige Wesen, mit einer leichten Neigung zu Capricen, die sind aber vorher einkalkuliert. Und sie haben pro Stück meist nur einen Mann, *den* Mann, ihren Mann, der auch ihr Freund sein kann, natürlich – und dazu vielleicht auch anstandshalber einen Geliebten, und wenn sie untreu sind, dann sind sie es mit leichtem Bedacht. Und...«

»Sag mal, Feuerstein, ist das von dir?«

»Natürlich nicht.«

»Natürlich. Sondern von wem?«

»Lies doch selber mehr. Dann wüßtest du's. Ja, Französinnen, ah. Ah, der Wein. Santé alors, à la tienne.«

»Prost. Warst du überhaupt schon mal in Frankreich?«

»Ich? Nie. Das heißt, im Grunde doch. Lesend, du verstehst...? Na, Kurt. Bald kannst du, ah, der Wein ist echt Spitze, bald hast du das alles leibhaftig und ganz naturalistisch vor dir. Irgendwie beneide ich dich.«

»Paß auf, Feuerstein. Ich fahre gar nicht nach Frankreich.«

»Was? Du redest doch schon den ganzen Abend davon, daß du und Trudi nach Frankreich...«

»Eben nicht. Laß mich doch mal zu Wort kommen. *Du* redest davon. Wir, doch, der Rote ist nicht übel. Gib mal noch 'ne Gauloise.«

»'ne Blaue, was? Voilà.«

»Wir haben überhaupt keine Kohle für 'ne Urlaubsreise.«

»Ach so. Klar. Na denn. Sowieso.«

»Genau. So ist es.«

Wir grübelten uns schweigend an. Feuerstein blies sauber gedrechselte Rauchringe gegen die Decke. Ich dachte schon, daß nunmehr die Luft bei ihm raus wäre, als er plötzlich wie von weit, sehr weit her, mit geheimnisvoll-wissendem Unterton sagte:

»Kurt, jetzt beneide ich dich aber wirklich.«

»Spinnst du?«

»Spinnen«, sinnierte er, »ja, das ist es doch. Ein Garn spinnen, eine Geschichte weben. Sieh mal, ich selbst fahr nie in Urlaub...«

»Siehst auch entsprechend blaß aus. Gerade du hättest Luftveränderung dringend nötig. Tagsüber liest du und abends sitzt du in der ›Alten Mühle‹ und zockst und säufst und rauchst und...«

»Und ich sage dir, Kurt, ich habe sie nicht nötig, diese törichten Reisen durchs Äußere. Meinen Sie Zürich zum Beispiel«, und er hob seine Stimme in glaubwürdiger Melancholie, »sei eine tiefere Stadt, wo man Wunder und Weihen immer als Inhalt hat?«

»Seit wann siezt du mich? Außerdem will ich gar nicht nach Zürich. Wunder und Weihen... Sonst noch was?«

Allerdings. Denn nun war Feuerstein nicht mehr zu halten. Die Früchte seiner Lektüren fielen, überreif und alkoholgeschwängert, auf den Kneipentisch:

»Meinen Sie aus Habana, weiß und hibiskusrot...«

»Sebi, mal noch zwei Rote!«

»... bräche ein ewiges Manna für Ihre Wüstennot?«

»Wüstenrot? Ich wollte, Trudi ließe sich endlich ihren bescheuerten Bausparvertrag auszahlen. Dann könnten wir doch noch nach Südfrankreich.«

Doch da schüttelte Feuerstein feierlich den Kopf, schwer von Zitaten:

»Nein Kurt. Horch! Bahnhofstraßen und Ruen, Boulevards, Lidos, Laan – selbst auf den Fifth Avenuen fällt Sie die Leere an.«

Mich fiel besonders die Leere meines Weinglases an, und ich winkte mittels dieser Leere in Richtung Tresen.

»Ach, vergeblich das Fahren! Spät erst erfahren Sie sich: bleiben und stille bewahren das sich umgrenzende Ich. Das ist es, Kurt. Ich beneide dich. Echt. Du verstehst?«

»Kein Wort.«

»Junge, es ist doch so einfach. Die Welt hat doch sowieso eine Einheitsuniform angezogen, mit amerikanischen Abzeichen dran. Man kann sie nicht mehr besichtigen, die Welt. Man muß in ihr leben, oder gegen sie, oder wie oder was. Reisen, ich meine die wirklichen Reisen, finden hier statt.«

Er tippte sich gegen die Stirn.

»Hier. Der Mensch hat doch den Kosmos in sich. Mentale Exkursionen. Kosten nichts und führen dich hin, wo du willst.«

»Ja, ja. Hier!« Ich konnte nicht umhin, seine fingerzeigende Geste meiner miesen Stimmung gemäß zu interpretieren. »Nichts gegen deine Poesie. Aber jetzt übertreibst du wieder mal.«

»Übertreiben? Pah.«

Feuersteins hymnische Entrückung wurde von einem Hauch Verachtung durchweht.

»Kennst du Des Esseintes?«

»Wen?«
»Des Esseintes?«
»Wie schreibste denn den?«
»D, e, es, Groß E, Doppel es, e, i, en, te, e, es. Ich denk, du kannst Französisch.«
»Ja und?«
»Eigentlich unvorstellbar, wenn du Des Esseintes nicht kennst. Das ist ein Protagonist, nein, was sag ich denn, das ist das Genie der Dekadenz. Décadence, ah! Extrem, sag ich dir, irre. Aber total, Romanfigur eigentlich und deshalb natürlich so wahnsinnig lebendig.«
»Natürlich... Und was soll der mit mir zu tun haben?«
»Wenn ich mir dich so ansehe, weniger als gar nichts. Sei's drum. Eins kannst du nämlich von ihm lernen. Wie man richtig verreist. Paß auf. Eines Tages will er, um seiner Langeweile, seinem Ennui, zu entkommen, eine Reise von seinem Schloß in Frankreich nach England machen, bereitet auch alles vor und sitzt schließlich im Bahnhofsrestaurant, wo er auf den Zug wartet. Aber dank seiner ungeheuren Einbildungskraft hat er die ganze Reise schon während dieser lästigen Vorbereitungen gemacht. Er merkt plötzlich, daß die ganze Fahrt, träte er sie wirklich an, ihn notwendigerweise enttäuschen müßte, weil die Wirklichkeit nie und nimmer gegen die Kraft seiner sensiblen Phantasie ankommt. Das wird ihm alles schlagartig klar in diesem elenden Bahnhofsrestaurant. Ich wäre ja verrückt, denkt er, wollte ich jetzt durch einen ungeschickten Ortswechsel unvergänglicher Ein-

drücke verlustig gehen. Welche Verwirrung hat mich denn bewogen, meine alten Grundsätze zu verleugnen, fügsame Phantasien meines Gehirns zu verdammen und wie ein richtiger Grünschnabel an die Notwendigkeit und Nützlichkeit eines Ausflugs zu glauben? Denkt's und handelt, indem er aufsteht und nach Hause zurückfährt, wo er mit der physischen Ermüdung eines Menschen, der nach einer langen und gefährlichen Reise seine Wohnung betritt, zufrieden seine Koffer wieder auspacken läßt. Genial was?«

»Na, ich weiß nicht... Nützt mir ja auch nichts.«

»Doch«, sagte Feuerstein, überraschend energisch. »Kurt, du hast doch wirklich ein Sauglück. Du willst eine Reise machen, kannst aber nicht, der Kohle wegen. Ist doch optimal, Mensch. Mach doch die Reise einfach in deinem Kopf. Und zwar so, wie du sie willst. Unvergängliche Eindrücke kommen auf dich zu. Ich beneide dich.«

Da wir alldieweil einigermaßen blau waren, verließen mich zusehends die soziologisch geschliffenen Einwände gegen den nebligen Quark der Feuersteinschen Poetologien.

»Kann schon sein, Feuerstein. Warum nicht? Aber ich fürchte, meine Einbildungskraft ist nicht so fügsam wie die von diesem Des Esseintes«, den ich allerdings deutlich unscharf aussprach.

Feuerstein dachte nach.

»Wahrscheinlich nicht. Nein. Du bist schließlich kein Décadent. Hm... Vielleicht brauchst du Hilfsmittel.«

»Was für Hilfsmittel?«

»Sebi, nochmal zwei!«

Er legte eine bedeutungsschwangere, offenbar schöpferische Pause ein.

»Wenn du dir«, sagte er endlich, »deine Urlaubsreise nicht vorstellen kannst, mußt du sie dir eben schreiben.«

»Schreiben?«

»Zugegeben, eine recht grobe Methode. Aber immerhin. Ja, schreib dir doch deine Urlaubsgeschichte.«

»Ich? Du hast wohl 'nen Hackenschuß. Du bist doch hier der Dichter. Schreib du mir doch eine, Mensch.«

»Mich den Dichter lassen wir jetzt mal außen vor. Du weißt ja, ich weiß einfach zuviel von Literatur. Wenn ich einen Satz hinschreibe, guckt mir immer gleich die gesamte Literaturgeschichte über die Schulter und schreit: alles schon mal dagewesen. Außerdem hab ich zu viele Ideen. Da kann ich gar nicht gegen anstenographieren. Nein Kurt, ich verweigere. Radikal. Ich schreibe nichts. An mir«, er seufzte und tat mir beinahe leid, »ist eine Romanfigur verlorengegangen. Aber du, Kurt, du kannst schreiben. Magisterarbeit, Doktorarbeit, hast du doch alles locker gebracht.«

»Feuerstein, das waren doch keine Urlaubsgeschichten, das war Wissenschaft.«

»Erstens ist das ein künstlicher Unterschied. Wer denkt, dichtet. Und umgekehrt. Und zweitens hast du geschrieben. Du kannst das. Du hast auch Spaß dran. Ich hab keinen Spaß dran. Wer schreibt schon gern?«

»Eben.«

»Eben nicht, Kurt, das wird ganz große Klasse. Echt. Du bringst das. Ich seh das schon alles vor mir. Aber genau. Ich helf dir auch mit Ratschlägen. Das geht schon in Ordnung.«

Wir hatten das Stadium erreicht, wo der Worte Sinn bloß noch Schall im Rauch der »Alten Mühle« war. Eigentlich klang das nicht blöd, was Feuerstein da sagte oder ranzitierte.

»Ja, Gott. Warum eigentlich nicht? Versuch macht klug.«

»Genau. Warum nicht? Also, du fährst nach Südfrankreich. Ist jetzt gebongt. Trudi kommt mit.«

»Nein. Das nicht. Ich will Französinnen aufreißen da unten!«

»Laß mal, warte mal. Könnte reizvoll sein, auch gerade mit Trudi. Doch, seh ich so. Du löst dann auch gleich die Probleme, die ihr habt. Quasi belletristisch.«

»Meinst du? Na, wenn du meinst. Gut, also mit Trudi. Ça ira. Aber womit geht's los? Wo fängt's an?«

»Stimmt. Das ist ein Problem. Der Anfang muß stimmen. Das ist so, wie wenn du den ersten Knopf deiner Jacke falsch zuknöpfst. Dann kriegst du die ganze Jacke nicht mehr richtig zu.«

»Was schlägst du also vor?«

»Ich?« fragte Feuerstein überrascht. »Wieso ich? Du schreibst doch die Urlaubsgeschichte.«

»Ach so. Ja. Genau . . .«

»Du kriegst das hin. Der Anfang, das kommt schon irgendwie auf dich zu. Und wenn du erstmal angefangen hast, geht alles wie von selbst. Die Ideen kommen beim Schreiben.«

»Letzte Bestellung!« rief Sebi hinterm Zapfhahn.

»Was, schon so spät? Gott ja. Gehn wir.«

»Gehn wir.«

Feuerstein nahm sein Damenfahrrad, das er Harry Hurtig getauft hatte. Ich schwankte schweren Tritts in die andere Richtung.

»Kurt, Mensch! Hast du Glück«, rief er mir hinterher. »Ich beneide dich. Echt. Morgen fährst du!«

Nicht übel, nicht verkehrt. Trudi würde ihre zweite Examensarbeit schreiben, und ich, ich würde nach Südfrankreich fahren. Und das Beste an dem ganzen Unternehmen: sie wußte von nichts und würde auch nichts merken. Dolle Sache, doch. Ideen hatte der Feuerstein manchmal. Formulierte auch brillant diese ganzen Zitate. Alles was recht ist.

Was denn? Kein Licht? War Trudi etwa immer noch mit diesem Neugebauer oder wie der hieß auf der Piste? Na warte. Morgen fahr ich los. Mein Gott, ist mir schlecht . . .

III.

Mitten in der Nacht klingelte das Telefon. Unverschämtheit. Laß klingeln. Mein Kopf! Was hab ich bloß gestern abend getrunken?

»Trudi! Telefon. Geh doch mal ran.«

Trudi war gar nicht mehr da. Es war hell draußen. Es war sogar neun Uhr dreißig. Scheißtelefon.

»Ja. Hallo. Ich bin nicht da.«

»Kurt, laß den Quatsch. Liegst du etwa immer noch im Bett?«

Es war Trudi.

»Hast dir wohl gestern abend schwer einen gebrannt. Also, paß mal auf...«

»Momentchen mal. Wo warst du eigentlich heute nacht?«

»Kurt, also wirklich. Als ich nach Haus kam, hast du schon deinen Vollrausch ausgeschlafen. Und heute morgen mußte ich ja wohl in die Schule.«

»Hast wohl wieder mit Neugebauer rumgemacht, was?«

»Hör auf, du Idiot. Reiß dich jetzt bitte mal zusammen. Es ist wichtig. Auf meinem Schreibtisch liegt ein Stapel Papier, Matrizenabzüge. Das ist Unterrichtsmaterial für die Sek Zwo heute. Hab ich liegenlassen. Bitte, bring's mir gleich vorbei, ja? Ich brauche es in der übernächsten Stunde. Dringend!«

»Gut. Ausnahmsweise. Was steht denn drauf auf den Blättern?«

»Ach, so'n Textauszug. Fängt an mit: Reiten reiten reiten.«

»Womit?«

»Mit: Reiten reiten reiten. Kurt, das ist doch völlig egal jetzt. Es ist sowieso der einzige Papierstapel auf meinem Schreibtisch. Bitte, beeil dich. Ich muß jetzt auflegen. Wir treffen uns in genau einer Stunde auf dem Schulhof. Beim Basketball-Feld, du weißt schon. O.K.? Tschüs dann.«

Tschüs dann. Ja ja. Wenn sie mich nicht hätte... Ich stellte mich erstmal unter die kalte Dusche. Während das Wasser auf meinen Kopf prasselte, wurde ich langsam klarer. Feuerstein, dieser Spinner... Reiten reiten reiten. Was das wohl wieder für ein Käse ist. Als der Kaffee durch die Maschine lief, holte ich den Papierstapel von Trudis Schreibtisch. Tatsächlich. Reiten reiten reiten. Ah, Trudi hatte Brötchen gekauft. Nett von ihr. Mein Gott, wer schrieb denn sowas? Reiten reiten reiten, durch den Tag, durch die Nacht, durch den Tag. Und das interpretierte Trudi nun ihren Schülern vor, oder wie? Wie war es bloß möglich? Reiten reiten reiten. Und der Mut ist so müde geworden und die Sehnsucht so groß. Und nun war es plötzlich sehr spät geworden und die Zeit sehr knapp. Also runter zum Auto und ab zum Gymnasium. Trudi, wo hast du bloß manchmal deinen Kopf? Beim Kollegen Neugebauer wahrscheinlich...

Auf dem Schulhof herrschte Pausengewimmel. Am Basketball-Feld rannten mich zwei jugendliche Sportsfreunde beinah über den Haufen. Und natürlich keine Spur von Trudi. Da stand ich mit diesem dämlichen Papierstapel, reiten reiten reiten, wie eine vergessene Aktentasche. Sauerei.

»Pardon. Sie sind sicher Herr Steenken?«

Ein Bursche in meinem Alter, in weißem Naturwollpullover, verwaschenen Jeans, Tennisschuhen, mit einem Drei-Tage-Bart und schwarzer Lockenpracht, tippte mir kumpelhaft auf die Schulter.

»Ich bin Peter Neugebauer und...«

»Ach. Sieh mal an.«

»Ja. Ihre Frau ist leider verhindert. Sie hat eine Unterredung mit Herrn Buldas, dem Seminarleiter.«

»Ach was?«

»Wie bitte?«

»Nichts weiter...«

»Und da hat sie mich gebeten, ich möchte doch für sie das Unterrichtsmaterial bei Ihnen abholen.«

»So, hat sie das? Na dann. Hier. Reiten reiten reiten.«

»Wie bitte?«

»So geht's los. Das Unterrichtsmaterial, mein ich.«

»Ach so.«

Er lächelte. Kein Wunder, daß Trudi auf so einen reingefallen war, bei den Strahlemännern von Zähnen und wasserblauen Augen im Smartiegesicht.

»Das wär's dann wohl. Ich muß mich beeilen, damit Ihre Frau das Material noch bekommt. Die Stunde fängt gleich an. Besten Dank nochmal.«

»Bitte bitte. Und grüßen Sie... Nein, grüßen Sie nicht.«

Es klingelte. Herr Neugebauer setzte sich in einen ekelhaft dynamischen Trab und verschwand in quellenden Schülermassen vor dem Eingang. Trudi kannte offenbar keine Hemmungen mehr. Schickte mir ihren Pädagogik-Papagallo auch noch persönlich auf die Pelle. Reiten reiten reiten... Mädchen, paß auf, daß du nicht vom Pferd fällst.

Zu Hause lag die Post im Kasten. Edith verkündete per schriller New-Wave-Postkarte, daß sie in New York angekommen und alles »irre gut« liefe. Entzückend. Die Telefonrechnung. Über dreihundert Einheiten. Trudis Telefonomanie. Wahrscheinlich plauderte sie täglich mit Herrn Neugebauer. Durch den Tag, durch die Nacht, durch den Tag. Ich halt's nicht aus... Und noch? »... bedauern wir Ihnen mitteilen zu müssen, daß wir die o. a. Stelle mit einem anderen Bewerber...« Ach, leckt mich doch mal alle am Arsch.

Ich machte mir ein zweites Frühstück, diesmal in aller Ruhe mit Eiern, Zigarette und Zeitungen. Ein Pressefoto zeigte den US-Präsidenten Reagan, wie er auf einem Pferd, begleitet von seiner grauenhaften Frau, über seine Riesenranch in Kalifornien trabt. Das Arschgesicht hatte wohl nichts besseres zu tun als reiten reiten reiten, während bei uns hier die Raketen... Lieber gar nicht dran denken. Die Seite »Reise und Touristik« brachte einen Bericht über Urlaubsreisen ins südfranzösische Larzac-Plateau. Sehr schön da. Kannte ich von damals. Da hätte es noch einmal hingehen können. Sollen. Was war das gestern abend gewesen mit Feuerstein? Der Mann war ja nicht ganz richtig im Kopf. Mentale Exkursionen... Absonderlich. Larzac und Umgebung. Wirklich, sehr schön. Und diese Reisejournalisten reiten reiten reiten und

«Reiten reiten reiten ...»

... und auch noch Geld dafür kriegen ...
Kein Problem, wenn man dabei nur auf das richtige Pferd setzt ...

Pfandbrief und Kommunalobligation

Meistgekaufte deutsche Wertpapiere - hoher Zinsertrag - bei allen Banken und Sparkassen

Verbriefte  Sicherheit

kriegten auch noch Geld, wenn sie sich hinterher über ihren Berufsurlaub irgendwas aus den Fingern sogen. Es war nicht zu fassen. Millau, ja ja. Nettes, verschlafenes Provinzstädtchen. Ich erinnerte mich. Lebhaft. Wenig Touristen. Wunderbare Landschaft. Dann dieser Fluß durch einsame Schluchten. Wie hieß er denn noch gleich? Da stand's schon, Dourbie. Genau. Dourbie. Jetzt wußte ich es. Da war es.

*

Fahren fahren fahren. Durch den Tag, durch die Nacht, durch den Tag. Fahren fahren fahren. Und ich bin so müde geworden und meine Augen so klein. Trudi liegt hinten im vw-Bus und döst halbschlafend vor sich hin. Wenn wir nur einen Tag früher gestartet wären, könnten wir uns jetzt die pausenlose Gurkerei sparen. Fahren fahren fahren. Morgen früh müssen wir am Hafen von Marseille sein, um unsere Fähre nach Marokko zu erwischen. Zum Glück läuft der Motor wieder besser, fast schon verdächtig gut. Leise und ohne das seltsame Stockern, das er bei hohen Geschwindigkeiten vor einigen Stunden noch von sich gegeben hat. Der Tankwart in Millau hat davon geredet, daß vielleicht die Benzinleitung verdreckt sei. Es könne aber auch irgend etwas anderes sein. Er hat vorgeschlagen, sich den Motor genauer anzusehen, aber natürlich nicht mehr heute. Natürlich nicht. Vielleicht morgen, vielleicht übermorgen, je nachdem, wie's seine Zeit erlaube. Diese Franzosen...
»Quatsch«, hat Trudi bestimmt. »Das kann gar nichts Schlimmes sein. So alt ist die Kiste auch wieder nicht.

Der Typ denkt wohl, er kann uns doofen deutschen Touristen 'nen heilen Motor auseinandernehmen, sagen, es sei alles in Ordnung, das Ding wieder zusammenbauen und dann die dicke Kohle kassieren. Nix. Wir fahren weiter. Willst du vielleicht die Fähre verpassen?« Abgesehen davon, daß ich das auch nicht will, hat Trudi offenbar schon wieder recht. Kurz hinter Millau lief der Wagen wieder normal. Und jetzt kommt es mir so vor, als laufe der Motor sogar leiser, schneller als je. Aber das mag auch daran liegen, daß mir das Fahren auf einmal wieder Spaß macht. Wenn man Stunden und Stunden hinter sich hat, den toten Punkt überwunden, gerät man in eine Art Rausch. Trudi kennt das auch: sie nennt es den »Fahrbock«. Alles geht wie von selbst. Man spürt kaum noch die Hand am Lenkrad, und ob man überhaupt abgebremst und runtergeschaltet hat vor der letzten Kurve weiß man in der nächsten schon nicht mehr.

Die Straße glüht im Licht der schräg von vorn, direkt in die Augen einfallenden Sonne, gegen deren Kraft die Sonnenbrille so hilflos ist, wie die des Windes gegen die Felsmassen der Schlucht, durch die die Serpentinen sich schlängeln; so hilflos, wie die Wirklichkeit gegen die Vorstellungskraft. Kuriose Gedanken. Ich beginne, mit offenen Augen zu träumen, reiße mich wieder zusammen. Neben der schmalen Fahrbahn schießt die Dourbie dahin, Stromschnellen bildend, sich über Katarakte und Felsengen drängend, schäumend im Anprall gegen grünmoosige sonnenglänzende feuchtigkeitstriefende Steine, die sich ihr in den Weg stellen auf dem Weg zum Meer. Nach Marseille.

Im Zuge solcher abwegigen Betrachtungen, die meine Blicke von der Fahrbahn ziehen, habe ich fast einen Pfeiler der kleinen Brücke mitgenommen, die ich erst sehe, und zwar im Rückspiegel, als ich schon drüber weg bin. Es ist höchste Zeit für einen Fahrerwechsel. Trotz Fahrbock. Trudi döst selig vor sich hin, während ich unter äußerster Konzentration allerschwierigste Streckenabschnitte zu bewältigen habe. Ungerecht. Andererseits, und deshalb fahre ich immer weiter, können Männer, Gleichberechtigung hin, Rollenklischees her, einfach besser autofahren als Frauen. Erfahrungssache. Im Rückspiegel nicke ich Trudi gönnerhaft zu. Schlaf weiter, Mädchen...

Pinien, verkrüppelte Eichenbüsche krallen sich in die fast senkrechten Felswände. Bizarre Verrenkungen. Und mein verspannter Rücken gibt keine Ruhe, gleich, welcher Arschbacke ich mein Körpergewicht anvertraue. Es ist alles verspannt. Auch mit oder zwischen Trudi und mir. Ihre Tage hat sie auch noch. Den Bäumen der Schlucht gibt die Sonne hellweiße Ränder. Gloriolen. Wesen aus einer anderen Welt, aus der Natur.

»Hallo Natur«, murmle ich vor mich hin, »lange nicht gesehen.«

»Hast du was gesagt?« gähnt Trudi verschlafen von hinten.

Ab und zu Gegenverkehr, meist Caravanzüge, viele mit deutschen Kennzeichen. Von Süden der letzte Schwall der ferien- und urlaubsberechtigten

Bundesbürger strömt zurück von den Sardinenbüchsen der Mittelmeerküsten-Hotels in die Streichholzschachteln und Schuhkartonwohntürme der Wohnsilos, zurück in die Städte, zurück ins normale Leben, das sie im Grunde gar nicht verlassen haben. Nur ein Ortswechsel. Und ausgerechnet der langsamste aller Caravan-Züge dieser Welt fährt in unserer Richtung, und natürlich direkt vor meiner Nase. Alles Spießer mit Schrebergartenmentalität. Warum hat er sich nicht gleich zwei Anhänger drangehängt. Und vielleicht noch ein Begleitfahrzeug für die Ersatzteile. Wenn dieser Depp nicht weiß, wie ein Motor von innen aussieht... Nun ja, zugegeben. Wer weiß das schon genau. Entfremdeter Bürohengst, Weißkittel, gib doch mal Stoff, du Oberlehrer. Wichser. Nicht, daß ich ein sonderlich aggressiver Fahrer... Die Strecke ist plötzlich frei. Also mal eine kleine Demonstration, was ich noch in petto habe. Erstmal im dritten auf Blickkontakt, tja Opa, da staunste. Jetzt den vierten und wrumm und vorbei. Voll vernascht, den Schleicher. Elegant gemacht, mein Bester.

So. Wie heißt doch gleich das Kaff hier? La Roque Ste. Marguerite, aha. Klingt hochromantisch. Paßt gut in die Landschaft. Doch nichts lenkt den gesunden Menschenverstand und die Konzentration eines Autofahrers so ab wie geographische Ortsnamen, geladen mit alter Sehnsucht und bepackt mit tausend Gedankenverbindungen. Und wenn man hinkommt, ist alles halb so schön. Marokko... Aber wer traut sich denn, das zu sagen? Und hoppla! Den Traktor hätte ich fast übersehen. Knapp vorbei ist auch vorbei.

Nach einer Haarnadelkurve öffnet sich plötzlich die Schlucht und läuft in eine weite Ebene aus, an deren Rändern die Felsen gemächlicher die Hänge emporziehen. Im Osten, jenseits des Flusses, ragt ein einsamer Felsen steil aus den Wiesen, die hier die Dourbie satt und breit säumen. Nur an einer Seite ist dieser Felsen mit dem Rand des Talkessels und der sich anschließenden Hochebene verbunden. Ein Wegweiser. Cantobre 2 km. Eine kleine Brücke über den Fluß, eine Straße dreht sich in abenteuerlichen Windungen zum Felsen hinauf. Ein Dorf klebt oben wie ein Vogelnest. Müßte schön sein, von dort ins Tal, über den Fluß, zu blicken.

»Trudi, guck mal schnell! Da. Da links!«

»Was? Wo? Ach ja. Schööön. Schloß Gripsholm.«

»Schloß was?«

»Ach nix. Ich hab gerade geträumt...«

Dann ist es vorbei. Die Schlucht schließt sich wieder. Die Sonne ist über ihren Rand gesunken, aber die Bäume, die Felsen, der Fluß scheinen sie noch auf sich zu spüren. Sie glühen ockergelb, obwohl sie nun schon seit Minuten im Schatten liegen. Es flimmert mir vor den Augen.

Trudi kommt auf den Beifahrersitz geklettert.

»Wie spät ist es denn?«

»Kurz vor sechs.«

»Und wo sind wir jetzt?«

»Kurz vor Nant.«

»Aha«, sagt sie, holt die Karte aus der Ablage, sucht mit dem Finger darauf herum und gibt weitere »Ahas« und »Hmhms« von sich.

»Soll ich mal wieder?«

Ich schüttele heroisch den Kopf. Wir passieren Nant. Auf den trottoirlosen Dorfstraßen Kinder, alte Leute, Hunde.

»Ziemlich trostlos hier«, sage ich.

»Wieso? Ist doch romantisch.«

Am Ortsausgang wird die Straße breiter und besser. Während ich in den dritten Gang hochschalte, ist auch wieder die Sonne da. Die Schlucht ist vorbei. Das Abendlicht liegt milde auf dem Asphalt. Und da fängt der verdammte Motor wieder zu stockern an, jetzt aber in ganz ungewohnter Heftigkeit. Trudi sieht ängstlich nach hinten.

»Kurt, es geht wieder los. Was ist bloß mit der Karre?«

Als ob ich das wissen könnte! Ein erbärmliches, metallisches Knirschen und Scheuern. Der Motor wird für einen Augenblick schneller, dann beständig langsamer, dann ganz ruhig, stockt, bockt, rollt lautlos noch zwanzig Meter, steht. Nach allem, was ich von Autos und Motoren weiß, und ich weiß so gut wie gar nichts, hat uns der berühmt-berüchtigte Kolbenfresser ereilt.

Das geht ja gut los.

IV.

»Huhu, ich bin's«, rief Trudi, als ob sie jemand anderes sein könnte, und knallte die Wohnungstür. »Das Geschirr ist ja immer noch nicht gespült! Was machst du denn den ganzen Tag?«

Erstmal packte ich rasch gewisse Schriftstücke beiseite.

»Ich schreibe ... äh, Bewerbungen.«

»War denn was drin in der Zeitung?«

»Ja, doch. Ganz interessante Sache. Könnte was werden. Und du? Wie war's in der Schule? Hat das geklappt mit deinem Reiten reiten reiten?«

»Womit? Ach so, ja. Lief prima. Vielen Dank noch für's Bringen, lieb ...«

»Nichts zu danken. Bedank dich bei Herrn Neugebauer.«

»Jetzt hör doch mal bitte mit dem auf«, sagte Trudi, setzte Teewasser auf und fragte, ob ich Rühreier wollte. »Ist doch albern. Das ist einer der ganz wenigen im Kollegium, mit dem ich ...«

»Ja?«

» ... reden kann.«

»Reden. So so.«

»Ja. Reden.«

Wir schwiegen und aßen Rühreier. Trudi fragte, was ich gestern abend gemacht hätte.

»Außer Saufen, mein ich.«

»Hab 'n langes Gespräch mit Feuerstein gehabt.«

»Feuerstein. Mit dem kann man doch gar nicht reden. Der zitiert einem doch dauernd nur Goethe und Schiller.«

»Laß mal. Manchmal hat er ganz gute Ideen.«

»Na, ich weiß nicht. Dessen Ideen. Ich wünschte, ich hätte 'ne Idee, wie ich mit meiner Hausarbeit anfangen kann. Das muß jetzt losgehen. Sonst schaff ich's nicht zum Termin.«

»Dann fang doch einfach mal an . . .«

»Du bist gut. Fang doch einfach mal an. Das ist ja gerade das Schwerste.«

»Der Anfang«, sagte ich und begann, das schmutzige Geschirr zusammenzusammeln, »kommt schon irgendwie auf dich zu. Und die Ideen, die Ideen kommen beim Schreiben. Wenn du erstmal Stunden um Stunden geschrieben hast, gerätst du in eine Art Rausch . . .«

Trudi sah mich mißtrauisch an.

»Wie redest du denn daher? Ist das von dir?«

»Feuerstein«, sagte ich.

»Feuerstein, Feuerstein! Der spinnt doch. Ich leg mich jetzt mal 'n Stündchen auf's Ohr. Und dann geh ich an den Schreibtisch. Das ist lieb, daß du den Abwasch machst.«

Sie küßte mich flüchtig auf die Wange. Für so was küßte sie mich. Noch . . . Dann ging sie und hielt ihren Lehrerschlaf. Und ich machte den Abwasch.

Kolbenfresser. Wie kommt man denn auf so was? Vielleicht lieber was Einfacheres, Reifenpanne oder so. Etwas, das ich selbst reparieren kann. Macht sich auch nicht gut, wenn ich da hilflos vor Trudi stehe. Und außerdem, mit einem Kolbenfresser ist der Urlaub irgendwie geplatzt. Da hört die Geschichte ja schon auf, bevor sie richtig angefangen hat.

*

Erstmal steigen wir aus. Ich fluche vor mich hin, Trudi sagt kein Wort, weil sie mit den Tränen kämpft. Irgendwie fühle ich mich verpflichtet, die Motorklappe am Heck wenigstens einmal aufzumachen, obwohl ich weiß, daß da nichts zu machen ist. Von mir nicht. Warum habe ich auch nichts Praktisches gelernt? Den Kfz-Mechaniker-Kurs in der Volkshochschule hätte ich besuchen können mit Jan. Zeit hab ich schließlich genug. Warum bin ich nicht gleich Kfz-Mechaniker geworden? Nun stehe ich da mit meinen schmalen Akademikerhändchen, meinem soziologischen Bewußtsein, mit meiner sogenannten Bildung und all dem nutzlosen Wissen um Mensch, Individuum, Gesellschaft, stehe vor diesem dunkel rauchenden Motor und habe nicht den Hauch einer Ahnung, was zu tun wäre.

»Wissen möchte ich«, sagt Trudi, »was da qualmt. Ob das vielleicht explodiert? Wie ist das? Du bist doch ein Mann.«

»Es ist... ein Kolbenfresser.«

»Ein Kolbenfresser? Was ist das denn? Wer frißt denn welche Kolben?«

»Also, paß mal auf. Es ist folgendermaßen. Um die Kolben beziehungsweise die Kolben... sie laufen in Öl. Klar. Und dann... ich meine, wenn das Öl... wenn der Ölfilter irgendwie reißt oder so...«

»Kurt«, sagt Trudi, »wenn du mit solchen Fachausdrücken jonglierst, weiß ich, daß du nichts weißt. Daß du so entsetzlich dumm bist!«

»Nun mach aber mal einen Punkt, ja!«

Sie macht aber keinen Punkt, sondern fängt tatsächlich zu heulen an.

»Was machen wir denn jetzt? Tu doch was. Irgendwas. Wenn wir bloß geflogen wären. Ich hab's ja gleich gesagt, mit dieser Scheißkarre geht das nicht gut. Aber du mit deinem permanenten Optimismus. Keine Ahnung hast du. Und sonst gar nichts.«

Sie imitiert meine Stimme, schlecht, weil unter Tränen.

»Mach dir keine Sorgen, hast du gesagt. Der läuft noch glatte fuffzichtausend, hast du gesagt. Das hab ich im Gefühl, hast du gesagt. Du und Gefühl. Hast du überhaupt ein Gefühl? Hast du nicht...«

»Trudi, mach hier jetzt aber keine Panik.«

Ich will ihr den Arm über die Schulter legen, sie stößt ihn weg. Aber es ist gut, daß sich ihre Tränen in Wut verwandeln, auch wenn diese Wut, da sie sich am Motor schlecht reiben kann, gegen mich gerichtet ist. Aus Wut kommt manchmal was Produktives.

»Erstens mach ich hier keine Panik. Und zweitens bin ich für dich immer noch Gertrud!« faucht sie.

Auch das noch. Die Sache ist die, daß Trudi darunter leidet, Gertrud zu heißen, was sie als »unmöglich hausbacken« empfindet. Also läßt sie es sich gern gefallen, fördert es sogar, für alle Welt nur Trudi zu sein. Wenn sie aber gereizt, schlecht gelaunt ist oder ihre Tage hat, besteht sie auf der korrekten Nennung ihres Namens: eine Art Masochismus. Wenn schon alles danebengeht, und angesichts unserer Panne ist sie gereizt, schlecht gelaunt und hat ihre Tage, wenn also alles danebengeht, soll auch ihr Name von ihrem Leid künden. Für dich immer noch Gertrud, das heißt so viel wie: sieh, wie ich leide. Und dann auch noch dieser unsägliche Name.

Mein Gott. Auf dieser Ebene, in solcher Stimmung, würden wir uns nie und nimmer Klarheit verschaffen können über uns und unsere Beziehung und ob es noch Zweck hat oder nicht. Deshalb sind wir in Urlaub gefahren, eine Testfahrt sozusagen. Es war der nackte Wahnsinn, überhaupt noch einmal zusammen loszufahren. Wir hätten das beenden sollen vorher. Dann hätte sie noch einen erholsamen Urlaub machen können. Allein. Und ich auch.

Ich schlage vor, die paar Kilometer nach Nant zurückzugehen, wo ich während der Durchfahrt am Ortsausgang eine Autowerkstatt gesehen habe. Obwohl Trudi darauf besteht, daß jetzt alles zu spät, der Arsch ab und überhaupt alles zwecklos sei, wobei sie offen läßt, ob sie das Auto oder unsere Beziehung meint, ziehen wir los, schweigend, fremd.

Die Werkstatt ist verschlossen, macht aber den Eindruck, daß sie noch betrieben wird, obwohl es sich kaum um einen florierenden, ordentlichen Kfz-Meisterbetrieb handeln kann. Auf dem Hof herrscht ein Chaos aus Ersatzteilen, ausgebauten Motoren, Autowracks, Reifen und undefinierbaren Teilen jeden Materials. Hühner turnen dämlich gluckend durch den deprimierenden Schrotthaufen, aber kein Mensch ist zu sehen. Ich klopfe gegen die Garagentür. Es dröhnt dumpf. Nichts rührt sich.

»Ist hier jemand?«

Nein. Über der Tür ein Holzschild. Mit schwarzer, abbröckelnder Farbe steht dort noch schwach lesbar ›Garage C. Gilles‹; darunter steht, rot: »Besitzer: Daniel Pierre«.

»Und jetzt?« fragt Trudi intelligent.

Die Dämmerung kommt schnell. Wir haben uns damit abzufinden, die Nacht hier zu verbringen. Und Marokko ist, wie Trudi trefflich definiert, »in den Wind geschissen«. Ich nehme ihre Hand. Sie läßt das zu. Teilnahmslos, kalt, leblos. Lieblos ihre Hand in meiner. Ein einziger Vorwurf.

Wir erreichen den Marktplatz des Dorfes.

»Tote Hose«, sagt Trudi.

Wir passieren das obligatorische Kriegerdenkmal, den Helden aus drei Kriegen mit Deutschland. Zu Hause beachte ich diese Monumente eines mir nur theoretisch bekannten Grauens nie, oder wenn, dann als nationalistisch-patriotischen Kitsch. Hier in Frankreich beschleicht mich jedesmal Unbehagen, ein diffuses Schuldgefühl, gegen das Rationalisierungen nicht recht ankommen. Und mit dieser Urlaubsgeschichte hat das eh alles nichts zu tun. Auf der nach unten offenen Stimmungs-Skala sinkt meine Laune auf jeden Fall immer tiefer.

Wir stolpern auf weiße runde Metalltischchen des »Grand Café« zu; ein heruntergekommenes Etablissement, ein Ort geschaffen, um einem die Decke auf den Kopf fallen zu lassen. Die Flügeltür ist geöffnet.

Schon von weitem sehe ich Trudi und mich in den stumpfen Wandspiegeln auf uns zukommen. Wir sehen aus wie ein Paar, das zusammengehört. Hand in Hand.

Wir hocken uns auf die unbequemen Stühle, bestellen Kaffee und Cognac, sehen aneinander vorbei, stecken uns gleichzeitig, jeder sich selbst Feuer gebend, Zigaretten an. Trudi fixiert einen Punkt irgendwo an der Spitze der Dorfkirche, die über die Häuser ragt. Klotzig, träge, verwittert. Sie kneift ihre verheulten Augen zusammen und murmelt hin und wieder »Scheiße Scheiße«.

Bis dahin habe ich meine eigene Wut und gereizte Übermüdung hinter Gleichgültigkeit und gespielt erzwungener Ruhe verschanzen können, aber als mir der Biß des Cognacs über Zunge und Gaumen fährt, durch die Kehle, rieselnd den Magen erreicht, als ich den Kaffee in einem Schluck hinterhergieße, hektisch an der Zigarette sauge, da spüre ich meine Hilflosigkeit gegenüber diesem Scheißkaff, diesem Hurenmotor, dieser Frau und mir selbst gegenüber als einen trockenen Schlag in die Magengrube.

Stoßweise quillt, als Trudi zu sprechen beginnt, Zigarettenrauch aus ihrem Mund, steigt in den rötlichen Himmel, den sie immer noch anstarrt. Drache, denke ich. Vielleicht.

»Kurt«, sagt sie fest, »du mußt jetzt ein Hotelzimmer auftreiben.«

»Wieso ich? Wieso Hotelzimmer? Wir können doch im Wagen schlafen.«

»Du vielleicht. Ich kann das nicht. Ich brauche jetzt

eine Dusche. Und zwar sofort. Ich will jetzt duschen, ich...«

Und jetzt weint sie wieder. Diesmal aber kindlich, hilflos. Verzweifelt, aber immerhin. Diese Tränen sind die trickreichsten in ihrem Arsenal, der tiefste Griff in die Beziehungskiste. Sie schaffen mich immer. Ich weiß nicht, wie ich mich dagegen wehren soll. Soll ich mich eigentlich wehren? Plötzlich spüre ich, daß mein Hemd völlig durchgeschwitzt ist, jetzt, da die Sonne hinter der Häuserfront versinkt und es auskühlt. Der Wind läßt mich frösteln. Ich zittere. Dennoch ist mir warm. Ist das ihr Lächeln per Tränen? Oder der Cognac?

Ich stehe auf und gehe ins Dämmer des Gastraums. Totentanz. Am Tresen lehnen drei alte Männer, trinken Rotwein, schweigen. Die Madame hinter dem Tresen lächelt mir aufmunternd zu. Ich erkläre kurz und unfreundlich unser Problem. Sie nickt, gemeinsam mit den drei Männern, vor sich hin. Dann schweigen sie wieder. Als ich fragen will, ob sie ein Zimmer frei hat, sagt einer der Männer:

»Fragen Sie Pierre. Das wird gehen.«

Er zeigt mit dem Daumen über die Schulter zurück. Ich sehe mich um. Trudi sitzt nicht mehr allein am Tisch.

*

Trudi saß allein am Schreibtisch, nachdem sie sich von ihrem nachmittäglichen Tiefschlaf erholt hatte. Wir hatten zusammen Kaffee getrunken. Sie hatte mich nicht einmal gefragt, was für ellenlange Bewerbungs-Lebensläufe ich schrieb, sondern nur trübe gemault, sie müsse nun wirklich und endlich ihre Arbeit angehen. Als ich sie fragte, ob sie wisse, wie sie anfangen wolle, winkte sie müde achselzuckend ab.

※

Sie winkt mir schon aufgeregt zu, strahlenden Lächelns. Was ist denn jetzt los? Ich sitze noch nicht einmal wieder, als ich schlagartig weiß, warum die Gestalt, die da unvermittelt hinter meinem Rücken aufgetaucht ist, Trudis Stimmung quasi in ihr Gegenteil hat verwandeln können.

Wenn es überhaupt so etwas gibt wie ›ihren Typ‹, dann sitzt er hier am Tisch und sieht mich frech und neugierig an. Unverschämt hellblaue Augen im sonnengebräunten Gesicht bilden einen sonderbaren Kontrast zu den schwarzen Haaren, die ihm strähnig gelockt in die Stirn fallen; manchmal schiebt er sie mit einer raschen Handbewegung zurück. Zwei drei Tage alte Bartstoppeln geben dem hageren Gesicht höchst zweideutige Schatten um Wangen, Lippen, Kinn. Er trägt einen leichten Pullover aus ungefärbter Wolle, Jeans, die von Sonne und Wasser bleich und verschlissen sind, weiße Leinenschuhe. Typischer Franzose, denke ich. Typischerweise hat er auch noch eine Filterlose zwischen die schmalen Lippen geklemmt; fehlt nur noch das Stangenweißbrot unter'm Arm und die schief aufgesetzte Baskenmütze (beides fehlt tatsächlich). Er grinst mich breit an, herausfordernd.

»Guten Abend«, sage ich. »Sie sind Herr Pierre?«

Er kichert. Überflüssigerweise kichert Trudi mit.

»Ja«, sagt er langsam. »Du kannst mich duzen.«

Während er spricht, nimmt er die Zigarette nicht aus dem Mund. Sie wippt obszön auf und ab.

»Kann ich mich vielleicht auch setzen?« frage ich.

»Was meinst du?« wendet er sich an Trudi. »Kann er das?«

»Klar«, sagt Trudi, »bis jetzt konnte er das immer.«

Sie zieht ein Gesicht, als ob sie gerade eine Million im Lotto gewonnen hätte. Keine Spur mehr von Frust, Wut, Müdigkeit. Ihre Tage hat sie offenbar verschoben. Und die lebenswichtige Dusche . . .?

»Das ist Kurt«, stochert sie mit dem Zeigefinger in meine Richtung und strahlt diesem Mensch unentwegt in die Visage.

»Na schön«, sagt der und bestellt drei Cognacs, schiebt jedem von uns ein Glas zu. Obwohl ich es nicht annehmen sollte, gieße ich meins sofort hinunter. Mit wird wieder kälter.

»Man hat mir gesagt«, fange ich dann doch wider Willen zu reden an, »daß Sie, du, uns helfen kannst. Wie darf man das verstehen? Bist du nicht auch Tourist? Im Urlaub hier?«

Er sieht mich süffisant an.

»Tourist? Nein. Urlaub? Ja. Ich bin immer in Urlaub.«

Reisejournalist? Wohl kaum. Was das nun wieder soll? Was kann dieser unrasierte Clochard auf Dauerurlaub uns schon groß helfen? Sitzt da dümmlich grinsend neben Trudi und läßt sich von ihr anhimmeln. Was heißt denn das überhaupt: ich bin immer in Urlaub? Schweigend fixiere ich den Kirchturm. Er hält mir eine Schachtel Zigaretten vor die Nase.

»Danke. Ich rauch meine eigenen.«

Meine eigenen sind aber leider aufgeraucht. Er bläst den Rauch seiner Gauloise in meine Richtung. Welch impertinente Erscheinung. Trudi, will ich sagen, wir brauchen jetzt ein Hotelzimmer. Mit Dusche. Und zwar sofort. Und dann einen Automechaniker. Ich komme aber gar nicht erst zu Wort. Denn Trudi (»für dich immer noch Gertrud«) und das zwielichtige Subjekt sind sich, das merke sogar ich, sofort, sogleich und offenbar ohne viel Worte einig. Merkwürdig, wie bei Menschen oft die ersten Sekunden über ihre gesamten späteren Beziehungen entscheiden, obwohl ich von diesen späteren Beziehungen momentan keine Ahnung habe. Hier ist aber augenblicklich zu spüren, daß sich die beiden auf Anhieb verstehen. Die ganze verkorkste, beschissene beziehungsweise verfahrene Situation wird nicht ernstgenommen, nicht einmal mehr von Trudi, deren Ernsthaftigkeit eben noch tränenvoll über jeden Zweifel erhaben war. Und ich werde schon überhaupt nicht mehr ernstgenommen. Statt dessen flötet Trudi Herrn Pierre unsere ganze Leidensgeschichte vor: daß wir aus Hamburg kommen, daß wir nach Marseille wollen und von dort nach Marokko, daß wir dies und daß wir jenes, und daß das Auto und...

»Kurt, was heißt Kolbenfresser auf französisch?«

»Glouton de piston«, sage ich.

»Idiot«, sagt Trudi.

Das Mensch an ihrer Seite – lacht.

»Da habt ihr aber Glück, daß ich euch getroffen habe«, quallt er und hält mir wieder seine Zigaretten hin. Anstandshalber nehme ich eine, mit spitzen Fingern.

»Glück«, träumt Trudi.

»Wie meinen?« meine ich.

»Weil mir die Werkstatt Daniel Pierre gehört.« Er deutet in Richtung Ortsausgang. »Das heißt, sie gehört mir nur zu fünfzig Prozent. Die andere Hälfte gehört meinem Freund Daniel.«

Dir gehört wahrscheinlich der Schrottplatz von Hof, denke ich.

»Daniel kommt gleich. Ich warte hier auf ihn. Morgen früh können wir euren Bus in die Werkstatt schleppen und sehen, was anliegt. ›Glouton de piston?‹ eh?« macht er und zwinkert mir aufdringlich zu.

Immerhin klingt das, was er sagt, einigermaßen tatkräftig.

»Na bitte«, sagt Trudi, als ob sie es schon immer gesagt hätte. »Ist doch alles in Butter.« Und zu ihm: »Und wo wohnst du? Hier?«

»Nein. Nicht in Nant. Einige Kilometer zurück, Richtung Millau. Cantobre heißt das.«

»Cantobre«, erinnere ich mich. »Wir sind vorhin dran vorbeigefahren.«

»Wann? Wo?« eifert Trudi.

»Du hast gepennt!«

»Hab ich nicht. Wo denn? Sag doch mal.«
»Das Dorf auf dem Felsen«, lasse ich mich herab.
»Das ist ja... Das ist doch schön.«
Trudi strahlt. Hemmungslos.
»Es ist sogar sehr schön«, sagt der garagenteilbesitzende Franzmann. »Na, ihr werdet's dann ja sehen.«
Wie meint er das? denke ich.
»Wie meinst du das?« fragt Trudi munter drauflos.
Ihre Stimme verströmt eine Wärme, die mich an früher erinnert. Aber an ganz früher! Es ist etwas Verliebtes darin, etwas Erregtes, etwas liebenswert Vorbehaltloses. Ihr Haar wirr in den Laken. Schweißperlen auf ihrer Stirn, ihrer Nase. Ich küsse sie einzeln ab. Was ich da alles gemacht habe! Wie lange das her ist. Pierres Antwort höre ich undeutlich, von sehr weit kommt sie. Mit wird schwindelig. Der Cognac. Der Streß. Mir wird übel.
»Wenn ihr wollt, könnt ihr bei uns übernachten. Ist Platz genug...«
»Aber das können wir doch nicht annehmen!« begeistert sich Trudi. »Kurt! Hörst du?«
»Ja. Ich höre. Ich höre sogar ausgezeichnet. Natürlich kannst du das annehmen. Wenn er dich so nett einlädt... Spart ja auch Geld. Mit den erwarteten Gegenleistungen kommst du sowieso besser ohne mich klar.«
Trudi sieht mich giftig an, wird aber nicht grün, sondern rot. Pierre grinst sie an. Als ob er ihr mit den Augen über die Knie streicht.

»Dein Freund da«, sagt er, dein Freund da!, »hat Angst um dich. Oder um sich. Vielleicht hat er auch Angst um euch beide.« Daß ich nicht lache! »Recht hat er.« Natürlich hab ich recht. »Aber Gegenleistungen... Was für ein albernes Wort. Falsch ausgesprochen hat er es auch.« Unsinn! »Sympathie ist keine Leistung, erwiderte Sympathie keine Gegenleistung. Ihr habt 'ne Panne, braucht Hilfe und ein Bett.« Also doch! »Und das haben wir. Das ist alles.«

Das reicht ja wohl auch. Sympathie. Erwiderte Sympathie. Welch gigantische Worthülsen diese Charmespritze da auf den Tisch packt. Wie ich sie hasse, diese sogenannte Galanterie der Franzosen: im erstbesten Augenblick den Verliebten raushängen lassen und im nächsten schon die ganze Person hinterherwerfen...

»Wie süß«, zuckert Trudi.

Er fängt an, etwas vor sich hin zu pfeifen. Ich will weghören. Leider kommt mir die Melodie bekannt vor. Was ist das doch gleich? Doch, natürlich, take it easy, baby, take it as it comes, don't move too fast... Doors. Saugute Musik. Aber aus diesem Mund gepfiffen? Immerhin nicht abgrundtief unsympathisch, daß er auch sowas im Kopf hat. Er lacht mich an. Ich beiße in eine eingebildete Zitrone, was das Mensch offenbar als Lächeln mißversteht.

»Na bitte«, sagt er. »Es geht doch, wenn man nur will.«

Ich will aber gar nicht wollen, denke ich.

»Nur darf man das Wollen nicht wollen«, beendet er seinen Kalenderspruch.

Um die Ecke beim Griechen aßen wir. Trudi war müde, aber zufrieden, weil sie einen Einstieg in ihre Arbeit gefunden hatte.

Dann träumte sie unruhig dem nächsten Schultag entgegen. Lange lag ich neben ihr wach. Als ich sie so schlafend betrachtete, hin und wieder den Kopf wendend, fühlte ich mich ihr überlegen. Da schlummerte in meinem Wachen der Gedanke: sie kann mir nichts tun, aber ich ihr. Tue ich ihr was, wenn ich weiter dieser Reise folge? In dieser Geschichte bin ich ihr überlegen. Ich schaffe sie. In gewisser Weise erschaffe ich sie sogar. Wie oft sie mich geschafft hat...

Manchmal möchte ich ihre Träume kennen.

V.

Mit der Post kam eine Heiratsanzeige. Meine Mutter hatte sie aus der Lokalzeitung meiner Heimatstadt ausgeschnitten und an mich geschickt. »Kennst du noch die kleine Silvia?« hatte sie danebengeschrieben.

Ja. Das heißt, nein. Gekannt in dem Sinne habe ich sie nie. Aber ich konnte mich an sie erinnern. Sehr gut sogar. Sie war die Tochter unserer Nachbarn, und ich war verliebt in sie, unsterblich verliebt in ihre Stupsnase, ihre blonden Locken mit den dunklen Strähnen, ihr frühreifes, etwas kokettes Lachen. Beim Wichsen dachte ich damals immer nur an Silvia von nebenan. Sie war ein oder zwei Jahre älter als ich, ging mit den Jungs aus den Klassen über mir, war für mich ein unerreichbarer Traum. Sie zog in einen anderen Stadtteil, als ich vierzehn, fünfzehn war. Ich liebte sie dann noch einige Wochen heftiger als je zuvor, dann verschwand sie langsam aus meinen Phantasien und Träumen.

Und nun hatte sie also geheiratet, einen Doktor med. XY aus München. Nein, wie hätte ich sie vergessen können. Ich habe zwar kaum je an sie gedacht in diesen mehr als fünfzehn Jahren, aber etwas von diesen pubertären Sehnsüchten muß mir geblieben sein, etwas, das sich nie erfüllen kann, weil es eingebildet ist. Manchmal, wenn ich ein bestimmtes Lachen hörte, einen Frauenhintern sah in weißen Jeans, wie Silvia sie getragen hatte, wehte mich dies Etwas an. Etwas aus einer Zeit, als ich noch gar nicht wußte, was eine

Frau eigentlich ist, aber nichts dringender wünschte, als hinter dies Geheimnis zu kommen. Dies Geheimnis, das in Silvia Gestalt annahm und sich zugleich vor mir verhüllte.

Silvia hatte also geheiratet. Schön für sie. Im Grunde war es mir völlig egal.

*

Der allererste Prototyp eines 2 CV-Kastenwagens biegt klappernd, schollernd, hoffnungslos überladen, das Chassis schleift übers Pflaster, auf den Marktplatz ein und hält ein paar Meter von unserem Tisch entfernt.

»Na endlich«, sagt Pierre. »Da sind sie ja.«
»Wer?« fragt Trudi, um etwas zu fragen.
»Die anderen.«
Die anderen sind zwei Frauen und ein Mann, die der Wellblechrostlaube entsteigen; mit jeder Person hebt sie sich schweratmend einige Zentimeter vom Pflaster. Sie begrüßen Pierre, indem die Frauen ihn küssen, der Mann, vollbärtig, mit leicht vorquellenden Augen und eingedrückter Boxernase, ihm auf die Schulter klopft, nicken Trudi und mir zu wie alten Bekannten, setzen sich und bestellen Getränke. Pierre stellt vor: Daniel, den Besitzer der anderen fünfzig Prozent, sowie Nicole samt Sylvie mit affektierter Betonung auf der letzten Silbe, denen er umgekehrt in anderthalb Sätzen unsere Situation erläutert. Nicole, zierlich, schmal, mit ernstem Gesichtsausdruck und schleirigen Augen sitzt neben Pierre, streicht ihm über den Rücken und tuschelt ihm etwas ins Ohr,

worüber er wiederum schallend lacht. Trudi beobachtet die Szene trocken schluckend, hat sich aber wie selten sonst in der Gewalt und schenkt allen das verbindlichste Lächeln; das allerverbindlichste geht an Nicole.

Es wird nicht viel gesprochen. Man grüßt Passanten und wird zurückgegrüßt. Mich beschleicht eine gebrochene Zufriedenheit. Das Gefühl, irgendwo angekommen zu sein, wenn auch am deutlich falschen Ort. Für einen Augenblick lasse ich mich gehen und beneide die vier Leute, mit denen wir den Tisch teilen, daß sie hier heimisch sind, eingesponnen in den Kokon hin- und herfliegender Grußworte, der unaufgeregten Geschäftigkeit des Platzes, der im Dämmer seine Konturen verliert, beneide sogar Pierre, den windigen Charmeur, daß er Trudi frei und entwaffnend in die Augen sehen kann, obwohl diese Nicole ihm im Arm hängt, worüber Trudi errötet, um dann mit einem Blick Nicole, mit dem nächsten mich irritiert zu mustern.

Inzwischen ist es fast völlig dunkel geworden. Licht aus den Cafés, einige Straßenlaternen brechen weiße Schneisen ins Karree des Platzes, der sich in der Dunkelheit zusammenzieht. Es kommt mir vor, als rückten wir am Tisch dichter aneinander. Sylvies Arm streift bei einer der temperamentvollen Bewegungen, mit denen sie ihre Worte begleitet, meine Schulter. Das ist ein angenehmes Gefühl. Ich sehe sie von der Seite her an, sehe ihre leicht aufwärts gebogene Nase, die den großen dunklen Augen etwas Übermütiges zumischen, ihre schulterlangen dunkelblonden Lokken, einzelne Strähnen von der Sonne ausgeblichen; sie blitzen in der Café-Beleuchtung wie Reflexe auf unruhigem Wasser. Für einen Augenblick wünsche ich, erschrocken über den Wunsch, die Berührung ihrer Hand an meiner Schulter möge nicht zufällig entstanden sein, sondern ...

Trudi hat mich voll im Blick. Sie mustert mich prüfend, lächelt dann und ruft beiläufig auf deutsch über den Tisch:

»Verstehst du mich?«

»Was sagt sie?« fragt Daniel.

Ich übersetze.

»Deine Freundin fragt dich ja außerordentlich tiefgehende Dinge. Wer kann denn so was schon beantworten.«

Sylvie beginnt zu kichern, Trudi fällt glucksend ein, plötzlich lacht die ganze Runde. Außer mir. Ich versuche aber ein entspanntes Lächeln. So witzig ist die Bemerkung nun auch wieder nicht. In diesem Versuch zu lächeln löst sich etwas in mir. Zögernd.

Schließlich steht Nicole auf, geht ins Café, zahlt. Als sie wieder herauskommt, stehen alle außer mir vom Tisch auf und gehen zum Auto. Trudi bleibt stehen und sieht mich fragend an.

»Trudi, wir können doch nicht einfach so mitfahren mit diesen, äh, Leuten.«

»Was sagt er?« ruft Pierre vom Auto herüber.

Trudi übersetzt.

»Ach so ist das«, sagt Sylvie und kommt zum Tisch zurück. »Der Herr braucht eine offizielle Einladung.«

Sie baut sich vor mir auf, macht einen Knicks und spricht, daß sie und alle ihre Freunde sich glücklich schätzen würden, wenn ich mir mitsamt Gattin die Ehre geben wolle, sich in ihrem bescheidenen Heim als Gäste wohlfühlen zu wollen. Die drei am Auto lachen schon wieder. Ich starre Sylvie ziemlich blöde an.

»Danke für die Einladung. Die kann man ja wohl nicht ablehnen...«

»Nein, kann man nicht«, sagt sie und nimmt Trudi bei der Hand.

Ich schlurfe hinterher.

Irgendwie passen auch alle in dies Auto, das dann sogar losfährt und eine nicht unbeträchtliche, um nicht zu sagen unerlaubte Geschwindigkeit erreicht, als es in die Serpentinen geht. Trudi kitzelt mich mit der Zunge im Ohr, was ich als höchst unpassend empfinde, und flüstert, daß die Panne vielleicht doch ihr Gutes gehabt habe, zumindest, daß sie hier passiert sei. Nicole sagt, daß hier aber nicht geflüstert werde. Daniel äußert die Vermutung, es könne sich dabei nur um eine unbekannte, deutsche Verhaltensweise handeln. Ob Trudi ihn damit mal gelegentlich vertraut machen könne?

»O la la, Daniel«, sagt Pierre. »Vor dem muß man sich vorsehen. Als Frau ganz besonders.«

Vor dir ja wohl erst recht, denke ich. Imponier- und Balzgehabe, blödes...

Durch den Geräuschbrei aus Gespräch, Gelächter und leichtem Getriebeschaden kann ich den Fluß manchmal hören, der irgendwo im Dunkel neben uns seinen Weg nimmt. Gurgelnd, schäumend, zum Meer, nach Marseille. Morgen geht die Fähre, ohne uns. Das ist klar. Ob eine Umbuchung möglich sein wird? Wir werden sehen, morgen. Morgen ist auch noch ein Tag. Das ist eine Tatsache, und die ist als solche kolossal belanglos, aber wie ich sie denke, in dem vollgepackten Auto, hin- und herschlingernd, vom klaren Denken immer weiter fortgetrieben durch Müdigkeit und Cognac, erscheint sie mir wie eine Weisheit von ungeheurer Tiefe. Morgen ist auch noch ein Tag. Wie simpel das ist, wie beruhigend.

»Woran denkst du?« fragt Trudi auf deutsch.

»Morgen ist auch noch ein Tag«, sage ich auf französisch.

»Na bitte«, ruft Pierre. »Es geht doch. Wenn man nur will.«

»Nur darf man das Wollen nicht wollen«, sage ich, weil ich nicht nachdenke.

»Du lernst schnell«, sagt Pierre.

Im Scheinwerferlicht liegt ein einstöckiges Haus, aufgemauert aus hellen Feldsteinen mit einem vermoosten Schieferdach. Da wären wir also.

Ein Ungetüm von Hund, eventuell gemischt aus zwei Teilen Bernhardiner und einem Teil Bulldogge, kommt bellend und schwanzwedelnd auf uns zu. Er beschnüffelt Trudi und mich neugierig, was Trudi in ihrer panischen Angst vor Hunden im allgemeinen und vor großen im besonderen dazu bewegt, hastig Pierres Arm zu ergreifen und sich an ihn zu drücken.

»Beißt der auch nicht?«

»Jean-Jacques? Ach was. Ich hab ihn gut erzogen, wie du siehst.«

Er legt einen Arm um Trudis Schulter und drückt kräftig zurück.

»Deine Erziehungsmethoden...« kichert Nicole, die es wissen muß und verschwindet im Haus. Licht flammt auf, bricht durch zwei Fenster, erleuchtet schwach den Vorplatz. Sie drücken uns Kartons mit Lebensmitteln in die Hand.

»Vorsicht mit den Flaschen«, mahnt Daniel.

Wir kommen durch einen Raum, auf dessen Längsseite sich eine Töpferwerkstatt befindet.

»Guck mal«, sagt Trudi. »Toll!«

Mein Gott, denke ich. Töpfern. Womöglich auch noch Batiken. Und Kerzenmachen. Wahrscheinlich gibt's statt Abendessen Körner, Biomolke und Yogi-Tee.

Durch eine Zwischentür erreichen wir ein großes Zimmer, in dem undeutlich drei Betten und ein Schrank zu erkennen sind. Das Licht dringt nur schwach durch Fußbodenritzen von unten herauf. Wir steigen eine schmale Holztreppe hinunter. Wohnen die etwa im Keller? Da hätten wir auch im Auto schlafen können.

Wir stehen in der Küche. Von Deckenbalken hängen Töpfe und Pfannen.

»So«, sagt Sylvie. »Fühlt euch wie zu Hause.«

»Aber benehmt euch nicht so«, sagt Daniel.

Nicoles wohlmeinendes »Vorsicht!« ergibt zusammen mit dem Ton einer tiefhängenden Kasserolle, gegen die mein Kopf stößt, einen schmerzhaften Dreiklang.

»Ach du lieber Gott«, sagt Sylvie. »Er ist zu groß für uns. Tut's denn sehr weh?«

Ich tippe mit dem Finger gegen die Beule an der Stirn.

»Da tut's weh? Ja? Ja. Immer das gleiche. Da tut's eben immer weh.«

Und dabei bläst sie mir ihren Atem gegen die Stirn und tätschelt mir den Hinterkopf. Blut schießt mir ins Gesicht. Ich fühle Schwindel. Ein Brausen in den Ohren. Dazu habe ich das Recht, wie jeder, der schon einmal seinen Kopf gegen einen Topf gerannt hat, bestätigen wird. Es bedürfte also Sylvies Geblase gar nicht...

An die Küche schließt sich der Eß- und Wohnraum an. Daniel beginnt, den Kamin zu feuern. Es ist kühl. Das Feuer taucht den Raum in ein taumelndes Licht. Die grob verputzten Wände schwanken. Da hängen zwei Aquarelle aus lauter Rot. Als ich dicht herangehe, sehe ich, daß sie aus lauter Blau sind. Trudi, mit ihrem untrüglichen Gespür für die bequemste Stelle eines Hauses, hat sich in einen mächtigen Ledersessel geworfen, starrt ins Feuer und kämpft mit dem Schlaf. In der Küche wird hantiert. Es riecht nach Knoblauch.

Daniel verschwindet hinter einer Tür unter der Treppe. Wasser rauscht. Dann lautes Singen. Time to walk, time to run... Wenn Franzosen englisch sprechen... Und dann auch noch singen! Pierre pfeift aus der Küche mit. Diesmal habe ich mich unter Kontrolle. Plötzlich schreit Daniel nach einem Handtuch; Sylvie ruft zurück, das könne er sich selber holen. Lautes Fluchen. Nicole nimmt ein Handtuch und verschwindet hinter der Tür. Einige Minuten ist es ganz still. Dann ertönt Geplansche, Gekicher, das schließlich in, ich möchte sagen eindeutigen Lauten endet. Trudis Lethargie verwandelt sich bei diesem Hörmodell in angespanntes Interesse. Sie sitzt mit weitaufgerissenen Augen, das Gesicht knallrot, aufrecht im Sessel.

Dann öffnet sich die Tür. Herauskommt, gehüllt in das Handtuch, Nicole, gefolgt von Daniel, nackt, naß und grinsend. Na, denke ich, das sind ja Sitten hier. Meine Herren...

»Na, Appetit inzwischen?« fragt Sylvie und trägt das Essen auf, das allerdings nicht biodynamisch ist. Lammkoteletts. Wir essen. Daniel hat sich einen Bademantel übergezogen. Das ist ja wohl das mindeste, denke ich. Beim zweiten Glas Wein, das ich halb im Traum trinke, schläft Trudi auf dem Stuhl ein.

»Warum geht ihr nicht schlafen?« fragt Nicole.

»Gute Frage. Wir haben unsere Schlafsäcke im Auto.«

»Schlafsäcke braucht ihr nicht. Ihr schlaft oben.«

»Hm, ja...« Trudi druckst herum. »Stören wir da nicht?«

»Stören? Wen?«

»Wir euch.«

»Ihr uns? Schnarcht ihr denn? Aber vielleicht stören wir euch?«

Sylvie kneift ein Auge zu und sieht mich an.

»Ihr uns?« sage ich. »Wieso denn?«

»Na bitte«, sagt Pierre. »Es geht...«

»Nicht schon wieder«, bittet Daniel, winkt uns, ihm zu folgen, zeigt uns das Bett, in dem wir schlafen sollen (können? dürfen?), gibt uns zwei frische Laken, sagt »Gute Nacht« und verschwindet wieder nach unten.

Trudi ist nach wenigen Sekunden abgrundtief eingeschlafen, atmet ruhig und regelmäßig. Manchmal lösen sich Muskelverkrampfungen in schwachen Zuckungen ihrer Arme und Beine.

Lichtstrahlen durch die Fußbodenritzen. Die leisen Worte da unten. Sie schweben um unser Bett. Wörtchenwolken.

Weiß ziehen sie in ein ganz dunkles Blau...

VI.

Über Feuersteins Ideen ließ sich immer streiten. Über Trudis Ideen seltener. Manchmal waren sie einfach großartig, besonders, wenn sie ihr beim Backen kamen.

»Backen«, pflegte sie zu sagen, »hilft mir beim Nachdenken. Frag mich aber bitte nicht, warum.«

Ich fragte auch gar nicht, denn wenn sie backend nachdachte, löste sie damit nicht nur Probleme persönlicher oder beruflicher Natur; heraus kam meistens auch noch ganz ausgezeichneter Kuchen, seltener Brot. Gestern abend hatte sie lange über Lernmotivations-Modifikationen im kleingruppenzentrierten Frontalunterricht gegrübelt, als plötzlich aus der Küche der Duft von frischem Honigkuchenteig durch die Wohnung gezogen kam (und Trudis Honigkuchen schmeckt so gut, daß man diesen Geschmack überhaupt nicht beschreiben kann; ich jedenfalls kann es nicht und bezweifle auch, ob Feuerstein dazu das passende Zitat parat hätte). Ich ging zu ihr in die Küche, wir redeten wenig, ich beobachtete sie beim Backen. Da war eine wortlose Übereinstimmung zwischen uns. In den Aromen und in ihren sicheren Bewegungen lagen Erinnerungen an meine Kindheit, wenn meine Mutter Weihnachtskuchen backte und die überhitzte Küche ein Traumklima schuf, in dessen Gerüchen ich mich treiben lassen konnte, wohin immer ich wollte.

Zum Frühstück war der Honigkuchen dann perfekt, frisch, aber ausgekühlt.

»Eigentlich müßte man alles selbermachen«, sagte Trudi. »Das Mehl mahlen, den Honig herstellen, einfach alles.«

»Ich stell mir vor, wir hätten alles selbst gemacht. Schmeckt so aber auch.«

»Apropos selbermachen. Hat Jan sich mal das Auto angesehen?«

»Ja, hat er. Kann er aber nicht reparieren. Er meint, daß wir wahrscheinlich 'ne ganz neue Kupplung brauchen. Und das geht nur in der Werkstatt. Wird teuer.«

»Scheiße, ja. Muß aber doch gemacht werden. Warum bringst du den Wagen nicht gleich heute hin?«

Erst setzte ich Trudi an ihrer Schule ab, dann fuhr ich zur Werkstatt.

»Kupplung, sagen Sie?« fragte der Meister in der Reparaturannahme.

»Ja, ich weiß nicht. Es klingt auf jeden Fall komisch beim Schalten.«

»Komisch? Was heißt komisch? Wie klingt es denn?«

Wie klang es denn?

»Krotsch... Skrach... Zrängg, oder so ähnlich.«

»Wie bitte?« sagte der Meister, und der Kunde, der neben mir wartete, sah mich befremdet an.

»Am besten, Sie schalten selber mal«, schlug ich vor. Ich war doch nicht der Depp.

»Das sowieso. Sobald wir eine genaue Diagnose haben, rufen wir Sie an.«

Krotsch, skrach, zrängg. Wie albern. Der Kunde hatte mich angesehen, als ob ich dem Meister einen unsittlichen Antrag gestellt hätte. Scheißkupplung. Aber immer noch besser als Kolbenfresser. Mit dem stand unser eingebildeter vw-Bus immer noch hinter Nant am Straßenrand. Da mußte nun etwas passieren. Zeit zum Wecken in Cantobre.

*

Die Sonne scheint mir mitten ins Gesicht. Ich blinzele, drehe mich zur Seite, taste nach Trudi. Sie ist nicht mehr da, aber die Laken sind, wo sie gelegen hat, noch warm. Drei Meter von unserem entfernt steht ein zweites Bett, das ebenso leer, dessen Lakenlandschaft ebenso zerwühlt ist wie die des dritten Betts im Raum, das mit seinem Kopf- an unser Fußende stößt.

Ich gehe zum Fenster, sehe ins Tal. Unten windet sich die Dourbie, verschwindet in der Ferne, in der Schlucht. Ein Grün, verschwimmend zu Blau, flimmert über dem Ganzen. Die Farben der Bilder unten an der Wand, das sind die Farben dieses Blicks. Kaffeeduft zieht über die Treppe in meine Nase, dann Trudis Stimme:

»Kurt! Kuhurt! Wo bleibst du denn? Frühstück!«

Saublöd, denke ich, als ich hinuntersteige, daß die im Keller frühstücken, statt draußen, in der Sonne. Doch durch die Küchentür fällt strahlendes Morgenlicht. Sie sitzen alle vor dem Haus auf einer Terrasse. In der Dunkelheit ist mir gestern nicht aufgefallen, daß das Gebäude an den Hang gesetzt ist. Steht man am Vordereingang, hat man den Eindruck, das Haus sei einstöckig. Die untere Etage ist nur von außen durch die hintere Küchentür zu betreten, von innen nur über die Treppe.

»Ach so sieht's aus«, murmele ich verschlafen auf deutsch.

Trudi übersetzt.

»Guten Morgen übrigens«, sagt Pierre. »So sieht's aus. Allerdings. Man muß nur hinter die Dinge kommen.«

Schon wieder diese zwielichtigen Weisheiten. Und das am frühen Morgen. Der Typ muß offenbar unter einem Zwang stehen.

»Das Haus, wollte ich sagen«, sage ich und ärgere mich, daß ich es sage.

»Sei kein Morgenmuffel, bitte«, sagt Trudi. »Hier, guck mal. Honigkuchen. Der ist besser als meiner.«

»Unmöglich.«

Es stimmt.

»Sehr gut«, mampfe ich und tunke ihn in den Kaffee. »Selbstgemacht?«

»Und zwar total«, sagt Trudi und deutet mit der Hand den Abhang hinunter, der erst gemächlich, dann plötzlich abrupt steil zum Fluß abfällt. Wo das Gefälle stark wird, zweihundert Meter von der Terrasse entfernt, stehen etwa dreißig Holzkisten, abwechselnd rot, weiß, blau angestrichen.

»Bienenkästen, sieh an...«

»Was heißt Bienenkästen«, meint Trudi. »Die haben hier regelrecht eine Imkerei.«

»Sieht sehr patriotisch aus, mit den Farben...«

»Patriotisch, ja«, lacht Nicole. »Das kam so. Als wir vor drei Jahren hierhergezogen sind, waren die Leute aus Nant und Umgebung abweisend, skeptisch, verschlossen. Sie waren mißtrauisch, wollten hier keine Linken, keine Kommunen, keine Städter. Als sie dahinterkamen, daß wir Bienenkästen aufstellten, haben sie uns ausgelacht. Das sei keine Existenzgrundlage. Dann hat Daniel die Idee mit den Tricolore-Farben gehabt. Und dann haben die Leute gesagt, daß sei aber doch sehr hübsch, und ob sie denn auch Honig kaufen könnten. Schließlich haben wir dann angefangen, Honigkuchen zu backen. Den Honig produzieren wir hier, die anderen Zutaten holen wir aus Millau. Inzwischen beliefern wir Bäckereien und Patisserien im Umkreis von zweihundert Kilometern.«

»Und davon lebt ihr?« staunt Trudi offenen Mundes.

»Auch«, sagt Daniel. »Die Töpferei wirft etwas ab, nicht viel. Nein, ist doch eher ein Hobby. Pierre und ich haben die Werkstatt. Das geht so einigermaßen. Was wir da für Gelder kassieren, werdet ihr ja sehen, wenn wir uns euer Auto vorknöpfen.«

Er grinste in die Runde.

»Davon leben wir zwei, drei Monate«, sagt Sylvie.

»Und fahren noch für sechs Wochen nach Rio«, ergänzt Nicole.

»Sehr witzig«, sage ich, weshalb wahrscheinlich alle zu lachen anfangen.

Dann sitzen wir einfach da, kaffeetrinkend, rauchend, wenig Worte. Ich blicke dem Rauch nach, er steigt hoch. Ins Blaue. Dann ist er vergangen. Jean-Jacques schnarcht im Schatten der Küchentür. Wenn niemand spricht, hört man das Summen der Bienen. Schmetterlinge torkeln über den Blumen und Gräsern des Hanges. Ganz unten der Fluß. Ganz hinten eine Ferne. Blau.

Wir lösen uns auf.

Nicole und Pierre müssen nach Le Vigan und Alés, um Honigkuchen auszuliefern. Sylvie wird im Haus bleiben, um die dort zu erledigende Arbeit zu tun. Daniel und ich werden den Bus in die Werkstatt schleppen. Und Trudi soll sich entscheiden, ob sie mit uns kommen oder bei Sylvie bleiben will.

»Du bleibst«, entscheidet Sylvie. »Es ist schrecklich nervend, mit Daniel an Autos zu basteln. Er weiß immer alles besser.«

»Allerdings«, sagt Daniel.

»Gut«, sagt Trudi, aber ich habe das Gefühl, daß sie am liebsten an Nicoles Stelle wäre. Honigkuchen und Pierre...

Wir helfen dabei, den 2 CV mit Honigkuchen zu beladen, die in der Werkstatt auf eine Palette gestapelt sind. Als sie losfahren, macht Trudi ein langes Gesicht. Ich will sie küssen, aber Sylvie schiebt mich sanft zur Seite, zieht Trudi ins Haus und behauptet, Männer hätten keine Ahnung, wie mit Frauen umzugehen sei.

»Spielt ihr mal schön mit euren Autos.«

»Nimm's leicht. In dieser Hinsicht ist Sylvie schwankend. Heute nacht denkt sie anders. Dann weiß sie wieder, daß Männer wissen, wie man Frauen behandelt.« Daniel grinst. »Los, wir fahren.«

Wir klettern in einen relativ zuverlässig aussehenden R 4. Daniel nimmt die Serpentinen zum Fluß hinunter mit atemberaubendem Tempo, hupt vor jeder Kurve, um dann, ohne die Geschwindigkeit zu drosseln, mit Vollgas hindurchzujagen. Ich habe mein Fenster aufgeschoben, halte mich mit der rechten Hand am Türrahmen fest und heuchele Gelassenheit. Er pfeift vor sich hin. Ich habe das Gefühl, etwas sagen zu müssen. Aber ich weiß beim besten Willen nicht was. Je länger ich nachdenke, desto unmöglicher wird es, so zu reden, daß sich dies Reden nicht gleich beim ersten Wort als Produkt komplizierter Unspontaneität entpuppen würde. Schließlich sage ich, daß ich es wahnsinnig nett fände, daß er beziehungsweise er und seine Freunde, daß sie uns also so selbstverständlich aufgenommen hätten, daß wir ... Er sieht mich an, als ob ich gesagt hätte, die Erde sei rund, zeigt mit der linken Hand aus dem Fenster zum Himmel und sagt:

»Schönes Wetter heute.«

Ich schäme mich, ärgere mich, daß ich mich schäme. Ist es denn etwa nicht bemerkenswert, wie diese Leute uns helfen? Natürlich, da läuft irgendwas mit diesem Pierre und Trudi, aber trotzdem ... Würde ich mich auch so verhalten? Kaum. Aber ich stecke in einer anderen Situation, lebe mit Trudi in einer Dreieinhalb-Zimmerwohnung in Eimsbüttel, warte auf Stellenangebote, bilde mich brav weiter in meinem Fachgebiet, ab und zu ein Lehrauftrag für Einführungskurse. Weiterbilden? Lehren? Forschen? Gott, was forsche, lehre, bilde ich eigentlich weiter? Empirische Sozialforschung, Fragebögen, Skalen, Hochrechnungen, Daten. Wo bin denn eigentlich ich dazwischen? Gibt es mich noch? Und die Subjekte, Subjekte!, die ich mit meinen Methoden erfassen, beschreiben soll? Was hat das mit Menschen zu tun? Was mit Natur? Ja, in der Tat, schönes Wetter heute. Das ist eine relevante Konstante.

»Du hast recht.«
»Was?«
»Schönes Wetter heute.«

Er lacht, schlägt mir auf die Schulter, gibt für den Moment das Steuer frei. Der Wagen schlingert durch die Kurve. Ich kralle mich an meinen Türrahmen.

Auf dem Werkstatthof bremst er den Wagen scharf vor einer Hühnerschar, die aufgeregt auseinandergackert. Über Blech und Schrott tanzen Flaumfedern.

»Das sind die Hühner vom Nachbarn. Ich weiß nicht, was die hier suchen. Bei uns gibt's nichts zu holen.«

Außer ein paar lockeren Schrauben, denke ich.

Er gibt mir einen ölverschmierten Overall, zieht sich selbst einen über, nimmt eine Kiste mit Werkzeug. Wir steigen in einen Uralt-Renaultschlepper, der nach mehreren erfolglosen Startversuchen, die Daniel mit Faustschlägen gegen das Lenkrad und heftigen Flüchen kommentiert, anspringt und lostukkert.

»Was machst du?« fragt er plötzlich. »Arbeit, mein ich.«

»Arbeitslos.«

»Gratuliere. Und vorher?«

»Universität. Assistent für Soziologie.«

»Und vorher?«

»Studium. Soziologie. Etwas Psychologie.«

Er pfeift durch die Zähne.

»Dann muß ich mich ja vorsehen.«

»Wieso?«

»Damit dein analytischer Scharfblick nicht gleich alle Laster und Perversitäten durchdringt, mit denen wir leben.«

Solche Sprüche sind nun wirklich nicht neu für mich. Ich habe mir angewöhnt, sie zu ignorieren. Dennoch habe ich Daniel gegenüber plötzlich Angst, Angst vor dem nahen Moment, da ich meine praktisch-technische Ignoranz werde demonstrieren müssen.

Er öffnet die Motorklappe und schüttelt den Kopf.

»Mach mal das Geräusch nach, das der Motor gemacht hat, bevor er krepiert ist.«

Das sagt er so leicht dahin. Meine angestrengten Versuche, das Geknirsche nachzuahmen, befriedigen ihn auch nicht. Er sieht mich ernsthaft an, wie ich da mit dicken Backen und aufgeworfenen Lippen vor ihm stehe und mich abmühe. Nach den ersten beiden Versuchen sagt er, daß es so doch wohl auf keinen Fall gewesen sein könne.

»Tiefer Luft holen«, sagt er. »Deine Atemtechnik ist ja eine Katastrophe.«

Beim dritten Anlauf, mir geht schon die Puste aus, ruft er aufmunternd, ich sei ganz dicht dran. Beim vierten Versuch klopft er mir anerkennend auf die Schulter.

»Bravo. Genau das war's. Mach das gleich noch einmal.«

Ich will gerade wieder die Backen aufblasen, als ich endlich das Funkeln in seinen Augen sehe, weiß, daß er sich einen Spaß auf meine Kosten macht, will beleidigt sein und kann nicht verhindern, daß mein Motorschaden ins Lachen gerät. Daniel stimmt ein.

»Das ist es. Das ist das Geräusch. Ja. Wenn dir die Soziologie mal zum Hals raushängen sollte, wirst du einfach Motorschadengeräuschimitator. Kannst bei uns anfangen. So. Und jetzt wird gearbeitet.«

*

Und dann rief die Werkstatt an.

»Es ist die Kupplung. Sie brauchen eine neue Kupplung.«

»Die Kupplung? Wie klingt es denn?«

»Wie es klingt? Wie meinen Sie das?«

»Wie sich die kaputte Kupplung anhört.«

»Wie sich die ... Na, hören Sie mal. Sie sind ja ulkig. Ha ha. Na, sind Sie gut. Sollen wir die Kupplung nun auswechseln oder nicht?«

»Ja, ja. Wechseln Sie aus. Moment. Noch eine Fra-

ge: Können Sie einen Motorschadengeräuschimitator gebrauchen?«
»Einen was? Sind Sie besoffen?«
»Nein. Das heißt, doch. Irgendwie schon...«

*

Wir schleppen den Bus zur Werkstatt. Daniel fängt an, im Motor allerlei Teile ab- und auszuschrauben, reicht sie mir und sagt, ich solle sie immer schön der Reihe nach auf den Fußboden legen. Bei jedem Teil nennt er dessen Namen, was mir herzlich wenig sagt. Ich komme mir vor wie in meinem allerersten Proseminar, Wintersemester 1971, als ich gutgläubig und fasziniert an den Lippen des Professors hing, der mit unbekannten Begriffen, Kategorien, Termini nur so um sich warf. Ich verstand überhaupt nichts, von Sinn gar nicht zu reden, schrieb tapfer alles mit, um dann zu Hause im Fremdwörterlexikon der Lösung der Rätsel auf die Spur zu kommen. Und heute? Was ist denn überhaupt klar geworden für mich im Dickicht der Theorien, Abstraktionen, Evaluationen, Konstanten, Varianten? Angesichts der ölschwarzen Metallstücke, die Daniel mir aus der geheimnisvollen Tiefe des Motors entgegenreicht und die für mich nur groß oder klein sind, leicht oder schwer, eckig oder rund, weiß ich auf einmal, daß ich, nun ja: gar nichts weiß. Ich starre auf einen Ölfleck an der Wand, lasse den Schraubenschlüssel, den Daniel mir eben angereicht hat, fallen. Die Fußbodenfliesen geben ein klirrendes Echo. Daniels Gesicht taucht fragend aus dem Motor auf.

»Ist was kaputt?«

»Sokrates...« sage ich.

»Ist dir nicht gut?« fragt er und sieht mich verständnislos an, wischt sich mit dem Ärmel Schweiß und Öl von der Stirn und schlägt vor, eine Kaffeepause einzulegen.

Wir setzen uns ins »Grand Café« am Marktplatz, bestellen zwei Schwarze. Daniel senkt die Stimme, als überbringe er eine Trauerbotschaft.

»Der Motor ist hinüber. Komplett. Tut mir leid. Da kann ich nichts mehr machen.«

Ich rühre im Kaffee. Seltsam, die Tatsache, daß nichts mehr zu machen ist, läßt mich kalt.

»Macht nichts«, sage ich.

»So ist das Leben«, sagt er überflüssigerweise.

»Genau«, sage ich aber trotzdem.

»Glück gehabt«, sagt er.

»Wieso?« sage ich.

»Weil's hier passiert ist«, sagt er.

»Stimmt«, sage ich.

»Wir können versuchen, in Millau einen Austauschmotor aufzutreiben. Das wird aber ein paar Tage dauern.«

»Das müßte ich erstmal mit Trudi besprechen.«

»Weißt du was?«

»Was denn?«

»Ich glaube, ihr beiden müßt auch mal ganz andere Sachen besprechen.«

»Wie meinst du das?«

»So, wie du es verstanden hast.«

Ja, ich habe ihn verstanden. Und recht hat er leider

auch. Warum sind Trudi und ich zusammen losgefahren? Um Urlaub zu machen, Marokko zu sehen? Das ist es nicht. Die Fahrt soll nicht bloß von hier nach dort gehen, sondern vor allem von ihr zu mir, und umgekehrt. Und wenn da zwischen uns alle Strecken verstopft sind, überall Staus? Dann ist diese Reise der Schlußpunkt. Dann geht eben nichts mehr. Zwölf Jahre. Zwölf Jahre Trudi und ich. Verdammt lange Zeit. Lang und schön, lang und schwer, lang und aufregend, lang und langweilig. Zwölf Jahre, in denen wir uns so gut kennengelernt haben, daß wir uns kaum noch verstehen. Trudi und Kurt. Kurt und Trudi. Das ist eine Institution. Zwischen uns ist alles klar. So glasklar, daß wir nicht mehr durchblicken. Wo ist die Liebe hin? Bloß keine Schlagertexte jetzt. Trotzdem. Wo ist die Aufregung? Wo das Kribbeln im Magen, das uns befiel, wenn wir uns nur ansahen? Das mich befällt, wenn ich Sylvie... Das Trudi wahrscheinlich befällt, wenn sie Pierre... Wie oft haben wir schon zu wissen geglaubt: das Beste ist, sich zu trennen. Sich einfach zu trennen. Mit diesem einfachen einfach fängt es wieder von vorn an. Wie soll das gehen? Und dann fallen wir uns doch wieder um den Hals und versichern uns gegenseitig, daß es nicht geht. Daß wir uns brauchen. Und, ja, wir sagen das dann, daß wir uns lieben. Wie oft habe ich gewünscht, sie möge meine Schwester sein? Freundin, platonisch? Daß ich sie um mich haben könnte ohne die Verpflichtungen, Versprechungen unserer Körper. Wie oft habe ich in anderen Frauen das Ideal gesehen? Die Einlösung aller Phantasien? Und dann immer wieder diese Momente, in denen wir restlos glücklich sind miteinander. So restlos, daß wir es nicht begreifen, unseren eigenen Gefühlen nicht trauen. Wie oft haben wir uns versichert, daß unsere Beziehung keinen Ausschließlichkeitscharakter – allein schon das Wort! – haben soll? Haben darf? Nicht hat? Wie oft haben wir uns entsprechend verhalten. Trudi mit ihren Typen, Neugebauer! Nein, der nicht, der hat in dieser Geschichte nichts zu suchen. Ich mit meinen Weibern. Wie oft ist dann die Eifersucht gekommen? Die Angst, daß es diesmal ernst wird? Daß diesmal das dünne Band zwischen uns reißt. Und immer wieder diese Mechanismen, die uns unter Liebkosungen und Drohungen, Beleidigungen und Schmeicheleien wieder zusammenklebten. Zusammen? Ist es nicht bloß noch ein sinnloses Nebeneinander? Aber gibt es eigentlich mehr? Ist das nicht schon das Höchste, Schönste, Beste, das überhaupt einzig Machbare? Friedliche Koexistenz? Mit wechselnden Partnern und einer beruhigenden Hausmacht? Und jetzt? Und hier? Auf dieser Fahrt, bei dieser Panne auf freier Strecke, läuft hier nicht wieder der gleiche Film? Der gleiche Trick-Film? Wie himmelt sie diesen Pierre an. Um mir zu beweisen, daß es auch ohne mich geht? Besser gar ohne mich? Und ich? Ist da nicht irgendwo in meinem Hinterkopf der Gedanke, daß diese Sylvie, deren Freund oder Mann oder was sonst, der gestern abend mit Nicole in der Dusche..., der nun hier neben mir sitzt, mit mir Kaffee trinkt, mein Auto repariert, daß diese Sylvie also, die mit den großen Augen und dem offensiven Charme, mir alles geben kann?

Alles, was ich an Trudi vermisse? Was vermisse ich denn? Vermisse ich überhaupt...

»Laß uns fahren«, sagt er. »Hier können wir nichts mehr machen.«

»Ich muß versuchen, die Fähre umzubuchen. Warte einen Moment.«

Ich gehe ins Postamt und rufe das Fährbüro in Marseille an. Nein, das ist gar nicht mehr zu machen. Die Fähren sind ausgebucht auf zwei Wochen. Das Fahrgeld will man uns erstatten, zu fünfzig Prozent. Damit ist unser Urlaub restlos im Arsch.

»Was ist«, fragt Daniel. »Was guckst du so trübe?«

Ich erkläre ihm die Lage.

»Wollt ihr wirklich nach Marokko?«

»Sicher, klar.«

»Dann kommt ihr auch hin. Warte.«

Er steht auf, schlendert über den Platz und verschwindet in der Tür der Gendarmerie. Nach fünf Minuten kommt er zurück.

»Alles klar. Eure Tickets sind umgebucht. In sechs Tagen müßt ihr in Marseille sein.«

»Wie hast du das hingekriegt?« frage ich ihn auf der Rückfahrt nach Cantobre.

»Betriebsgeheimnis«, grinst er.

VII.

Bis zum Beginn der Sommerferien waren es noch gut vier Wochen, und die Kultusminister hatten mal wieder voll am Wetter vorbeigeplant. Denn für den Azorenkeil, der gestern nach Norddeutschland eingeschwenkt war, wäre das Wort tropisch noch milde gewesen. Wir hatten sie im Juni, die Hundstage.

»Affenhitze«, stöhnte Trudi ins Telefon. »Gott sei Dank, wir haben jetzt hitzefrei. Die letzten drei Stunden fallen aus. Kurt, pack die Badehosen ein! Wir treffen uns in zwanzig Minuten im KaiFU-Bad und...«

»In zwanzig Minuten? Ich wollte gerade mit Daniel zurück nach... äh, also gut. Bis gleich.«

»Was wolltest du? Wer ist denn Daniel?«

»Nix... Nur so. Ich, äh... ich les hier was.«

»Dir bekommt die Hitze wohl nicht? Also, mach los.«

»Gut, ja ja. Bis gleich. Nein, halt, stop! Wo sind denn deine Badesachen?«

»Im Schrank unten links, der blaue Bikini.«

Im Schrank unten links war aber nicht der blaue Bikini, sondern der rote Einteilige. Auch gut. Fragte sich bloß, ob sie da noch reinpaßte.

Im KaiFU-Bad war die Hölle los. Ganz Hamburg schien hitzefrei zu haben. Wir ergatterten einen knapp handtuchbreiten Streifen auf der rammelvollen Liegewiese, inmitten eines lärmenden, raufenden, bolzenden, eisessenden, comiclesenden Schülerhaufens; einige dieser vierzehn- bis fünfzehnjährigen Pubertanten waren auch Trudis pädagogischem Schutz unterstellt, was diese Stenze natürlich zu besonders auffälligem, geradezu abweichendem Verhalten vor unseren Augen animierte.

»Insofern«, sagte Trudi, »ist der Einteilige natürlich besser. Jetzt werd ich bloß am Bauch nicht braun.«

Dafür knallte ihr aber ein Plastikfußball auf den Bauch, was der treffliche Schütze mit einer höchst unglaubwürdigen Entschuldigung versah und mich dumm grinsend musterte, als er die Pille, wie er dies Sportgerät bezeichnete, zurück erbat. Trudi nahm den Trubel gelassen hin; das sei ihr täglich Brot.

»Ga nich um kümmern«, sagte sie, als sei sie in Hamburg geboren, drehte sich auf den Bauch, holte ein Buch aus der Aktentasche und las.

»Was liest du?«

Sie hielt mir das Buch unter die Nase, ein unerfreulich trocken aussehender Wälzer mit dem Titel »Didaktische Strategie, Realisierungsmaßnahmen und Konsequenzen handlungsorientierter Curricula-Entwicklung«.

»Spannend?«

»Enorm... Hast du dir nichts zu lesen mitgebracht?«

»Nein, nein. Ich denk mir selber was aus...«

»Na denn. Du kannst es dir ja leisten.«

Ich verschränkte die Arme im Nacken, sah in den Himmel, dessen Blau eine gewisse Ähnlichkeit mit dem in Cantobre aufwies und überlegte, ob in dieser Angelegenheit vielleicht Kinder eine Funktion zu bekommen hätten, als aus dem pickeligen Körpergemenge eine stimmbrüchige Stimme auf uns loskrächzte: »Frollein Merkel!«

Trudi reagierte gar nicht.

»Frollein Merkel! Ist der da«, lautes Gegröle, »Ihr Mann?« Lauteres Gegröle. »Oder Ihr Freund?« Hemmungsloses Gegröle.

»Mein Sohn«, sagte Trudi ohne aufzublicken und strich mit dem Bleistift eine besonders wichtige Stelle in ihrem wichtigen Buch an. Daß diese Sintflut geballter Aufdringlichkeit wirkungslos an ihr abtroff, nötigte mir Respekt ab. Kinder würden in meiner Geschichte auf keinen Fall vorkommen. Das war schon mal klar. Halbwüchsige Frechnasen erst recht nicht. Schließlich machten wir Urlaub, versuchten es wenigstens.

»Ich geh jetzt mal schwimmen«, sagte ich.

Trudi las.

»Ich geh jetzt mal schwimmen, sagte ich«, sagte ich nochmals.

»Ist mir zu voll.«

Und weil sie damit recht hatte, ging auch ich nicht schwimmen. Es wäre sowieso nur ein Herumstehen im zu vollen Pool gewesen, umwabert vom zu warmen Wasser, angereichert mit Kinderpisse und Chlor, von Gliedmaßen aller Größenordnungen gerempelt und gedümpelt.

»Frollein Merkel! Machen Sie auch FKK?«

»In der Badewanne«, sagte Trudi.

Sie war wirklich souverän.

Einige Meter vor uns plazierte sich eine Frau, zog ihr T-Shirt mit anmutiger Gebärde über den Kopf, präsentierte einen prächtigen Busen, der notdürftig durch ein lächerliches Oberteil gebändigt wurde, zog ihre Jeans herunter und trug darunter... Ja, was denn eigentlich?

»Junge, Junge...«

»Is' was?«

»Sieh dir das an. Die Bikinis werden auch immer kleiner. Das ist ja bloß... ein Stück Kordel oder so.«

»Tanga«, sagte Trudi ohne hochzusehen. »Tanga heißt das. Ekelhaft. Dann lieber gar nichts. Macht dich so was etwa an?«

»Mich? Ach was! Widerlich.«

Widerlich war vielleicht ein wenig hart formuliert. Im Grunde, bei rechtem Licht, beim Licht dieser hochstehenden Sonne...

»Frollein Merkel. Frollein Merkel! Ihr Sohn hat 'nen Steifen!«

Da schreckte Trudi aber doch von ihrer didaktischen Strategie auf, wollte diesen Frechlingen einen Verweis erteilen, zuckte aber nur resigniert mit den Schultern und sah mich an. Ich hatte mich allerdings inzwischen auf den Bauch gedreht, wandte ihr den Kopf zu und versicherte, daß ich diese Schamschnüre wirklich widerlich fände, ekelhaft. Aber ehrlich.

»Dann doch lieber gar nichts.«

Trudi sah mich mißtrauisch an und las weiter.

»Diese Gören gehen mir auf die Nerven«, sagte ich. »Komm, laß uns gehen.«

Trudi wollte aber bleiben. Ich konnte mich auch wieder auf den Rücken legen und linste manchmal zu dem notdürftig verpackten Geschöpf, das sich plötzlich erhob und mit gewaltigem Hüftschwung dem Wasser zustrebte.

»Ich glaub, ich geh jetzt doch mal schwimmen«, murmelte ich und raffte meine hitzeschlaffen Glieder zusammen.

»Hau ab! Weg hier!« schrie da Trudi. »Iiiih. Geh weg!«

Sie meinte aber nicht mich, sondern einen relativ harmlos daherschnüffelnden Cocker-Spaniel, der mit seiner Schnauze an ihren Arm geraten war.

»Das gibt's doch gar nicht. Hunde dürfen hier nicht rein. Unerhört. Kurt, bitte! Tu das Tier weg!«

Das Tier tat sich von selber weg. Und dann wollte Trudi auch gehen. Der Tanga war längst irgendwo im Pool.

Also gingen wir.

*

Sie sitzen auf der Terrasse. Sylvie strickt. Trudi liest. Jean-Jacques liegt in voller Länge und Breite auf den Boden gegossen und hat seine Schnauze gebettet auf – jawohl – Trudis Füße.

»Was ist denn hier los?«

»Was soll groß los sein?« Trudi sieht mich unschuldig an.

»Aber ich bitte dich. Du und dieser Hund. Dieser riesige ...«

»Sei nicht albern, Kurt. Jean-Jacques ist eine Seele. Der tut doch keinem was. Was starrst du mich denn so an?«

Ich öffne den Mund, etwas zu erwidern, behalte ihn aber staunend offen, da Trudi mich lächelnd nicht zu Wort kommen läßt.

»Ach Kurt, laß. Ja, ja, die Kreatur. Aber das ist ein zu weites Feld...«

Sylvie zeigt mit ausgestrecktem Finger auf Daniel und mich.

»Sieh mal, Trudi. Unsere beiden Mechaniker. Das sind doch wahre Männer.«

Sie giggeln vor sich hin. Daniel und ich sehen uns an, ölverschmiert wie wir sind. Ich bin voll des Stolzes geleisteter Arbeit, obwohl ich ihm eigentlich nur bei der Arbeit zugesehen habe.

»Wart ihr schön fleißig?«

»Besonders unser Herr Soziologe war fleißig. Eine große Hilfe. Wenn ihn jetzt jemand fragt, was ein Kolbenfresser ist, weiß er Bescheid. Er braucht dann bloß die Backen aufzublasen und auszuatmen. Mach mal vor.«

»Bin ich blöd?«

»Wer weiß?« sagt er.

»O ja«, Trudi klatscht in die Hände. »Mach mal vor.«

»Bin ich hier der Hofnarr? Verarschen kann ich mich auch alleine.«

»Spielverderber.«

»Wenn du's vormachst«, sagt Sylvie, leise, aber sehr akzentuiert, »kriegst du einen Kuß. Von mir.«

»O la la«, macht Daniel.

»Quatsch«, sage ich. »Kuß. Ich, äh, weiß auch gar nicht mehr, wie es geht.«

»Er weiß nicht mehr, wie man küßt«, seufzt Sylvie, geht zu Daniel, umarmt und küßt ihn. Nein, knutscht ihn ab.

»Ich meine, ich weiß das Geräusch nicht mehr«, stammele ich.

»Dein Pech«, sagt Sylvie.

»Dein Pech«, echot Trudi und küßt mich auf den Mund.

»Du hast einen Ölfleck«, sage ich.

»Iih«, macht sie. »Na, baden gehen wir sowieso.«

Erst aber essen wir was, holen Brot, Wein, Käse aus der Küche. Der leichte Landwein steigt mir bei der Hitze schnell zu Kopf. Wie fühlt sich das an? Eine Werbeanzeige schlägt diesbezüglich vor, Vin de Pays sei den Augenblick genießen und die Zeit vergessen, sei Lächeln und Lachen, sei Meckern der Ziegen (Ziegen?), hier: Summen der Bienen und blühende Phantasie, sei Efeu am Haus, hier: Moos auf dem Dach, sei Leben und Lebenlassen. Könnte von Feuerstein sein...

Er steigt mir also zu Kopf. Überhaupt steigt mir hier allerlei zu Kopf. Zugleich ist mir, als verlasse meinen Kopf viel von dem, was ihn sonst schwer macht. Was geht hier eigentlich vor? Es ist irgendwie irreal. Idyllisch. Ein Märchen?

Nach dem dritten Glas schlage ich mit den Handknöcheln auf die Tischplatte, um mich zu überzeugen, daß ich nicht in Hamburg im Bett liege und träume.

»Willst du eine Rede halten?« fragt Trudi.

Mir fällt ein, daß sie sich nicht einmal erkundigt hat, wie es um das Auto steht. Gestern war das noch in ihrem Leben das zentrale Problem. Gestern. Und heute sind wir hier, sehen in den Himmel oder nach unten, wo der Fluß fließt. Wollten wir nicht baden?

»Wir wollten doch baden gehen«, sagt Trudi.
»Natürlich«, sagt Sylvie.
»Sicher«, sagt Daniel.
»Genau«, sage ich.
»Na also«, sagt Trudi.

Das Wasser ist eiskalt. Ich wundere mich, daß Sylvie und Daniel hineinspringen, ohne sich vorher abzukühlen. Als sie sehen, wie Trudi und ich uns erst Arme, Beine, Brust benetzen und dabei »brrr« und »uaaa« sagen, lachen sie.

»Seht euch die Intellektuellen an.«
»Lieber intellektuell als Herzschlag.«

Der Fluß ist flach. Das Wasser reicht, wenn ich in der Mitte stehe, knapp bis zum Nabel. Wegen der reißenden Strömung ist es unmöglich, vernünftig zu schwimmen. Man kann nicht dagegen an, kann sich nur eine kurze Strecke treiben lassen. Dann muß man am Ufer zurückgehen. Daniel hat sich in der Mitte des Flusses, wo die Strömung am heftigsten ist, an einen Felsen geklammert und verschwindet unter Schaum und Gischt.

Obwohl ich nur zehn Minuten im Wasser bleibe, bin ich von Kälte und Strömung total erschöpft, ärgere mich über meinen Körper, denke an zu viele Stunden am Schreibtisch, an die ersten Anzeichen von Durchblutungs- und Kreislaufstörungen, an die viel zu vielen Zigaretten aus Langeweile oder Nervosität oder beidem, liege schweratmend, schwindelig im Gras und fingere nach meiner Zigarettenschachtel. Dabei berühre ich, aus Versehen!, mit dem Ellbogen Sylvies Schulter.

»War keine Absicht.«

»Schade.«

Trudi liegt rechts neben mir auf dem Rücken und sieht sich den Himmel an. Daniel hängt noch immer an seinem Felsen. Ich höre Sylvie atmen, links von mir. Ich höre Trudi atmen. Wie erweiterte Lungen, die irgendwie an mich angeschlossen sind. Die rechte erweiterte Lunge kitzelt mich mit einem Grashalm an der Nase. Sonst ist nichts.

Als wir zum Fluß hinabgestiegen sind, haben Sylvie und Daniel sich sofort und ganz ausgezogen. Das hat in mir Schamgefühle ausgelöst, eine blödsinnige Angst vor anderen Körpern. Oder vor meinem? Ich habe so getan, als könne ich die Schnürsenkel meiner Schuhe nicht sofort lösen und habe herumgenestelt. Auch Trudi hat einen Moment gezögert, wie lange?, aber als Sylvie, schon mitten im Fluß, sie gerufen hat, hat Trudi sich freigemacht. Meinen Knoten habe ich dann auch aufbekommen. Als ich ins Wasser ging, haben sich Sylvie und Daniel umarmt und sich so forttreiben lassen von der Strömung. Das war ein schönes Bild. Als ich daran denke, habe ich Angst, einen Steifen zu bekommen, schiele nach links auf Trudis weißen Bauch, nach rechts auf Sylvies braunen Rücken und drehe mich um. Trudi kitzelt jetzt mit dem Grashalm in meinem Nacken herum. Dann liegt eine Hand auf meinem Rücken. Ich schließe die Augen. Wessen Hand? Ich will es nicht wissen. Sie ist nur warm, weich, zart. Daniel kommt prustend aus dem Fluß und schüttelt seine Haare auf meinem Rücken aus.

»Das Wasser«, sagt er, »ist heute sehr warm.«

Jean-Jacques kommt bellend den Hang heruntergewedelt, springt ins Wasser und schüttelt sich.

»Er soll uns holen«, sagt Sylvie. »Nicole und Pierre werden zurück sein.«

»Dann laßt uns gehen«, sagt Trudi schnell, läßt sich beim Anziehen aber doch Zeit. War da ein Seitenblick von mir? Sylvie und Daniel sind fast schon oben. Wir folgen.

»Trudi, wie fühlst du dich?«
»Gut. Sehr gut. Und du?«
»Gut. Ja.«
»Ehrlich?«
»Ehrlich.«
»Dann ist's ja gut.«
»Ja. Es ist gut.«

Wir umarmen uns. Trudi ist warm. Von der Sonne. Weil die Böschung steil ist, schwanken wir leicht.

In einem Berg aus Papieren, Rechnungen, Quittungen sitzen Nicole und Pierre auf der Terrasse. Er begrüßt Trudi, indem er ihr durchs nasse Haar fährt und etwas überflüssig sagt: »Baden wart ihr«, worauf Trudi errötet. Dann fragt er Daniel, wie es um unseren Motor stehe.

»Alles in Ordnung«, grinst der. »Das Ding ist hin.«

Nun wird Trudi blaß. Wir diskutieren die beiden

Möglichkeiten, entweder, den Wagen hier, wie er ist, zu verkaufen, oder zu versuchen, einen Austauschmotor aufzutreiben.

»Die Fähre ist übrigens umgebucht«, sage ich. »In sechs Tagen müssen wir in Marseille sein.«

Trudi sieht fast ein bißchen enttäuscht aus.

»Also Austauschmotor«, sieht sie dann aber ein.

Daniel rechnet uns vor, was die Sache kosten wird. Alle rechnen. Sie machen ihre wöchentliche Buchführung, Einnahmen, Ausgaben, wieviel Honigkuchen, wieviel Reparaturen. Bleibt was übrig?

»Eure Panne«, sagt Daniel. »kommt im richtigen Moment. Wir können Aufträge gebrauchen. Die Konkurrenz in Nant schläft nicht. Aber hier«, und er wirft sich in die Brust, »schlafen die richtigen Männer.«

Trudi lacht und sieht Pierre liebevoll an. Der rechnet noch.

»Wir haben Plus gemacht«, sagen er und Nicole wie aus einem Munde.

»Das wird gefeiert«, sagt Sylvie. »Heute abend gehen wir aus.«

Das Menü im Restaurant »Chez Jean-Louis«, dem »Grand Café« gegenüber, ist exzellent. Wir sind die letzten Gäste und zum Cognac, der aufs Haus geht, kommt der Chef, noch in Küchenkleidung, zu uns heraus. Man tauscht sich aus. Wie die Geschäfte laufen. Als Daniel von Problemen mit der Werkstatt spricht, bietet Jean-Louis ihm an, er könne während der Saison, wenn die Touristen durchkommen, als Aushilfe in der Küche arbeiten.

»Wenn du als Koch gehst, wirst du fett«, sagt Sylvie.

»Dann arbeitet er im Herbst und Winter als Künstler«, sagt Jean-Louis. »Das macht ihn wieder schlank.«

»Künstler?« fragt Trudi. »Was für'n Künstler?«

»Lebenskünstler«, sagt Pierre. »Das geht.«

Auf der Rückfahrt (ich hätte fast Heimfahrt geschrieben!) erzählt Daniel, daß er für einen gewissen Edouard, der ein wahrer Kotzbrocken sein muß, umsonst ein Motorrad reparieren wird.

»Bist du wahnsinnig?« tobt Sylvie.

»Wahrscheinlich.« Daniel zuckt die Schultern. »Es mußte sein. Ein Tauschgeschäft.«

»Wieso?«

»Er hat dafür gesorgt, daß Trudi und Kurt ihre Fähre umbuchen können.«

»Das hätte doch nicht nötig getan«, meint Trudi. »Aber vielen Dank. Und wer ist denn nun dieser Edouard?«

»Das größte Arschgesicht weit und breit. Und deshalb der Chef der Gendarmerie.«

»Aber korrupt«, sagt Nicole.

»Gott sei Dank«, sagt Pierre.

*

Während ich in der Badewanne saß, sagte Trudi vorm Zubettgehen beim Zähneputzen, quasi mit Schaum vor dem Mund, unvermittelt und als ob es das Selbstverständlichste von der Welt wäre:

»Wir machen eine Frauengruppe auf.«

Mir fiel die Seife ins Wasser.

»Eine was?«

»Eine Frauengruppe. Ein paar Kolleginnen. Freundinnen von Kolleginnen. Auch Frauen von Kollegen.«

»Und wofür soll das gut sein?«

»Nichts bestimmtes, nur so. Meinungsaustausch. Mal unter seinesgleichen sein. Nicht dauernd dominiert werden von euch.«

»Wir dominieren? Daß ich nicht lache...«

»Lach ruhig. Du spielst doch auch Skat in der ›Alten Mühle‹, mit Feuerstein und den anderen Hängern. Da wollt ihr ja auch keine Frauen.«

»Bewahre!«

»Eben.«

»Spielt ihr denn auch Skat?«

»Natürlich nicht.«

»Sondern?«

»Weiß ich noch nicht. Wir treffen uns morgen zum erstenmal.«

»Herr Neugebauer, ist der auch dabei?«

Trudi ging ins Schlafzimmer.

»Kurt«, rief sie, »das ist eine Frauengruppe.«

Ich tauchte unter. Frauengruppe... Wie war es bloß möglich?

»Sind da auch Lesbierinnen bei?« prustete ich durchs Shampoo.

»Also Kurt, wirklich«, rief Trudi. »Deine Phantasien. Irgendwie...«

»Irgendwie was?«

»Irgendwie krank.«

Als ich zu ihr ins Bett kam, merkte ich, daß sie ihre Unterhose angelassen hatte.

»Was soll das denn?«

»Als Lesbierin muß ich mich vor dir schützen.«

»Komm, zieh das aus.«

»Nein.«

»Dann mach ich es.«

»Versuch's doch.«

Es machte Spaß. Nachher sagte sie, ich sähe sie nicht an dabei. Ob ich an jemand anderes dächte?

*

Zurück in Cantobre sind alle müde. Alle außer Sylvie und Trudi.

»Wir machen einen kleinen Nachtspaziergang.«

»Ich komme mit«, sagen Pierre und ich gleichzeitig.

»Ihr bleibt hier«, sagt Sylvie. »Und geht ins Bett. Jean-Jacques darf mitkommen.«

Pierre und ich sehen uns an. Lächeln uns zu. Etwas verlegen, aber immerhin.

»Der Hund hat's gut«, sage ich.

»So ist das Leben«, sagt er.

»Ach, Frauen«, tröstet uns Daniel, während Sylvie und Trudi Arm im Arm im Dunkel verschwinden. Der Hund hinterher...

Andererseits ist es gut, daß sie später als wir anderen zu Bett gehen. Ich weiß nicht, in welche Peinlichkeiten mich eine Situation stürzen könnte, in der ich mich ausziehen müßte, unter Sylvies Augen, um mich dann, was bleibt mir übrig, zu Trudi zu legen. Das ist etwas ganz anderes als das Ausziehen beim Schwimmen.

Der Mond steht im Zimmer, das Fenster weiß, weit. Nicole und Pierre flüstern. Ich habe Angst, daß sie miteinander schlafen könnten, Angst vor... Ja, vor was denn? Irgendwann sind sie ruhig. Der Fluß rauscht. Wolken über dem Mond werfen Schatten auf die Laken. Ein Heben und Senken. Das Wasser ist warm und tief. Ein Schlaf ohne Traum.

Etwas drückt gegen meinen Hals, ich wälze mich auf die andere Seite, schlafe weiter. Wieder dieser Druck, diesmal am Rücken. Durch halbschlafend schwere Lider riskiere ich einen trägen Blick. Es muß noch sehr früh sein. Morgendämmer fließt wie Nebel durchs Fenster, liegt auf den Dingen. Der Druck am Rücken. Ach so, bloß Trudis Fuß. Ich schließe die Augen wieder, wohliges Strecken, noch ein paar Stunden Schlaf in den Tag. Trudis Fuß also. Wieso eigentlich ihr Fuß? Ihr Fuß an meiner Schulter? Meinem Hals? Ich stütze mich hoch, sehe zu ihr hinüber. Tatsächlich. Neben meinem Kissen liegen ihre Füße. Was soll das nun wieder? Also muß ihr Kopf neben meinen Füßen... Allerdings. Sie liegt auf dem Bauch, das Laken ist verrutscht. Die Röte ihres Rückens beginnt zu bräunen. An den Schulterblättern pellt sich Haut. Mit dem Gesicht liegt sie ins Kissen gedrückt. Die dunkelbraunen Haare schwer, im Zwielicht fast schwarz auf der Blässe des Betts. Ein Arm liegt eng am Körper. Mein Oberschenkel berührt ihre Hand. Der andere Arm, am Kopf vorbei nach oben gestreckt, zeigt direkt auf Sylvie. Ein Wegweiser. Sylvie liegt auf dem Rücken. Ihre Locken streifen Trudis Kopf. Merkwürdiges Bild. Trudis Rücken, ihr Haar, das ins blonde Sylvies einfließt. Sylvies im Schlaf lächelndes Gesicht. Ihre Brüste. Darunter Daniels Hand über ihrem Bauchnabel. Drei Menschen zu einem Körper verschmolzen. Es ist zu früh. Der Anblick irritiert mich. Er hat etwas Betäubendes. Darf ich da eigentlich hinstarren? So hemmungslos? Wecken meine Blicke sie nicht? Zerstören sie nicht?

Leise Bewegung im Raum. Pierre liegt wie ich halb aufgestützt im dritten Bett, schaut abwechselnd zu mir und den Dreien. Ich erschrecke. Er hat mich ertappt. Er lächelt, legt einen Finger vor den Mund. Ich lächele zurück und fühle mich freier. Meine Blicke sind also erlaubt. Was sie sehen ist schön. Auf jeden Fall läßt es mich lächeln. Ich spüre eine Art Freude für Trudi, rolle mich ausatmend auf die Seite, lege eine Hand auf ihr Knie. Sehr leicht. Draußen vögelt es zaghaft. Ein Arm nach unten weisend, der andere, am Kopf vorbei, in die Höhe gestreckt. Ein Polizist auf der Kreuzung. Die Richtung wird gleich gewechselt. Was angehalten war, beginnt zu fließen. Laß laufen. Es geht.

Kaffeeduft aus den Ritzen. Nicole ruft zum Frühstück.

»Erstmal duschen«, sagt Trudi, springt aus dem Bett und verschwindet. Pierre folgt ihr auf dem Fuß.

»Kaffee. Ja!« sagt Daniel und ist auch weg. Nun sind sie alle unten. Außer mir. Und Sylvie.

»Na?« strahlt sie mich an.

»Frühstück«, sage ich, »Frühstück ist fertig.«

Sie runzelt die Stirn. Sie ist mir unheimlich. Sie macht mir angst. Obwohl sie gar nichts macht.

»Dann laß den Kaffee nicht kaltwerden«, sagt sie, stützt den Kopf in die Hände und sieht mir beim Anziehen zu. Sie mustert mich. Von oben bis unten gewissermaßen. Das macht mich nervös, und also hakt mein Reißverschluß.

»Immer mit der Ruhe«, sagt sie.

Das Blut schießt mir ins Gesicht. Was will sie mich provozieren? Was hat sie ausgeheckt? Mit Trudi auf diesem Nachtspaziergang? Was treibt eigentlich Trudi jetzt? Frauen soll man, darf man nicht allein lassen. Zu zweit schon überhaupt nicht. Heraus kommen erfahrungsgemäß Resultate, die sich jeglicher Berechnung und Kontrolle entziehen. Der Reißverschluß ist dicht und ich gehe nach unten. Sylvie gähnt hinter mir her.

Nicole und Daniel schlürfen bereits am Kaffee.

»Wo ist Trudi?«

»Guten Morgen. Mit Milch?«

»Bitte, ja. Halt, das reicht.«

Die Dusche rauscht.

»Und wo ist Pierre?«

»Etwas Honigkuchen?«

Die Dusche rauscht immer noch. Sylvie kommt aus der Küchentür. Sie trägt ein viel zu großes Herrenoberhemd, das mir bekannt vorkommt.

»Das ist ja mein Hemd.«

»Tatsächlich?«

»Ja, natürlich.«

»Es gefällt mir. Die Taschen sind bestimmt sehr praktisch, was?«

Sie streicht mit beiden Händen über die Brusttaschen des Khakihemds. Meine Güte.

»Und dann erst diese männlichen Schulterstükke!«

Sie schiebt ihre Hände durch die Achselklappen, wodurch sich der Hemdsaum merkbar von den Knien nach oben bewegt. Die Sonne entwickelt frühe Hitze. Sie bringt mich durcheinander.

»Welchen Dienstgrad haben Sie?« fragt Sylvie in strammer Haltung.

»Blutiger Anfänger«, kaut Daniel zwischen Honigkuchen.

Die Dusche ist jetzt still. Trudi erscheint, gehüllt in ein Badetuch. Sie weicht meinem Blick aus. Pierre kommt heraus, setzt sich.

»So. Jetzt aber einen starken Kaffee«, sagt er.

Nicole, Sylvie und Daniel lachen im Dreiklang. Trudi beschattet die Augen und blickt einem Düsenjet nach, der am Himmel einen Kondensstreifen ins Blaue zieht. Pierre pfeift vor sich hin. Take it easy, baby. Um etwas zu sagen, frage ich Trudi, warum sie ihr Kissen ans Fußende gelegt hat. Und sich selbst dazu.

»Och, eigentlich... Nur so.«

Sylvie sieht sie strafend an.

»Nein. Nicht einfach nur so. Auf unserem Spaziergang heut nacht habe ich Trudi gefragt, warum ihr beide eigentlich mit den Füßen am Kopfende schlaft.

Das stört. Wenn ich aufwache, sehe ich lieber in Gesichter statt in Füße.«

Das sagt sie so dahin, legt Trudi die Hand auf den Arm. Da wird hinter meinem Rücken... Da geht doch etwas vor. Da werden Entscheidungen getroffen, die mich betreffen. Gefragt werde ich aber nicht. Da ist eine Wut in mir. Oder Angst. Etwas schlägt über meinem Kopf zusammen. Und zwar bis zu den Füßen. Etwas gerät außer Kontrolle. Oder unter Kontrolle? Ich blicke nicht mehr durch. Ich bringe das Gespräch darauf, sachlich, daß wir heute zu versuchen hätten, einen Motor aufzutreiben.

»Wir wollen hier ja schließlich nicht überwintern.«

»Wer ist wir?« fragt Sylvie.

»Trudi. Und ich. Wer denn sonst?«

»Denkst und redest du immer für andere? Immer mit der Ruhe.«

Sie sieht mich an, wie sie mich angesehen hat, als mein Reißverschluß...

»Du kriegst deinen Motor schon schnell genug. Keine Angst. Und dann fährt Trudi ja auch vielleicht mit dir nach Marokko.«

Das ist stark. Das ist dreist. Da sage ich gar nichts mehr. Trudi sieht immer noch nach diesem Kondensstreifen. Der ist aber schon weg. Da ist nichts mehr. Pierre trommelt mit den Fingerkuppen auf dem Tisch herum. Ein Löffel klirrt gegen eine Tasse. Daniel pfeift tonlos Leitmotive. Was bilden sie sich ein? Diese sexbesessenen Südländer? Diese Alternativ-Casanovas? Was bildet Trudi sich eigentlich ein? Was stellt sie sich vor? Sie stellt mich bloß vor wildfremden Leuten. Wer bin ich denn? Sie tanzt mir auf der Nase herum. Ich suche die passenden Worte. Diese?

»War deine, nein, eure Dusche auch wohltemperiert?«

Trudi fährt hoch, als ob ich sie geschlagen hätte. Sehr gut. Sie läuft ins Haus, handtuchumflattert. Flittchen. Nicole hinterher. Sie schlägt mir mit der Faust gegen die Schulter.

»Idiot!«

»Ich gehe«, sage ich und gehe.

»Wohin?« fragt Pierre.

»Wahrscheinlich in die Kirche«, sagt Sylvie. »Hoffen und beten.«

Sie lachen blöde. Ich höre das kaum noch.

VIII.

»Idiot«, hatte ich Nicole gestattet mich zu titulieren, und damit hatte ich sie ein passendes Wort, wenn auch nicht gelassen, aussprechen lassen. Nun saß ich nämlich dämlich vor der Schreibmaschine und ärgerte mich über die Lage, obwohl ich den Streit, weiß Gott, ja nicht vom Zaun gebrochen hatte. Die Frage, wie es weitergehen sollte, stellte sich dennoch mit einer gewissen Aufdringlichkeit, wollte ich die ganze Geschichte nicht jetzt schon im Stunk, im Nebel der Eifersucht versacken lassen. Feuerstein anrufen? Bloß nicht. Wenn er wüßte, daß ich tatsächlich auf seine Schnapsidee hereingefallen war, würde er mich mit seinen gedrechselten Zitaten erschlagen, mir damit meinen sowieso verkümmernden Mut in dieser Angelegenheit endgültig nehmen. Nett formulieren, was Eifersucht war, nützte gar nichts. Dann gab es solche Sätze wie die, von denen Trudi vor ein paar Jahren, als ein gewisser Martin die Position einnahm, die nun Neugebauer zu erfüllen hatte, gesagt hatte, ich solle sie mir mal gefälligst hinter die Ohren schreiben:

»Nur weil wir uns nicht um sie kümmern, glauben wir, über die Dinge und Menschen und deren Gedanken genau Bescheid zu wissen. Doch sobald wir, wie der Eifersüchtige, das Verlangen haben, Bescheid zu wissen, stehen wir vor einem schwindelerregenden Kaleidoskop, in dem wir nichts mehr unterscheiden können.«

Nein, solche Sätze nützten gar nichts. Sie waren auch maßlos übertrieben.

»Was bläst du Trübsal?« fragte Trudi, als sie schweißgebadet, denn heute gab's kein hitzefrei, aus der Schule kam.

»Freu dich doch, daß dein Lehrauftrag angenommen ist.«

Richtig. Ich hatte einen Lehrauftrag am Institut bewilligt bekommen, zwar nur für ein Semester und auch erst im Herbst, aber immerhin ein Nebenverdienst, der gleichwohl dem Arbeitsamt gemeldet werden mußte, wodurch der Verdienst sich dann praktisch wieder aufhob. Also freuen?

»Bereitest du dich schon vor? Du sitzt ja den ganzen Tag am Schreibtisch.«

»Ja«, sagte ich. »Schwierige Materie. Ein wahres Kaleidoskop...«

»Worüber lehrst du denn überhaupt?« fragte Trudi.

»Soziologie des Tourismus unter besonderer Berücksichtigung...«

»Interessant«, unterbrach sie mich. »Hör mal, unser Fachseminar-Leiter, der Buldas, der ist Hobby-Musiker.«

»Ja und?«

»Der macht in der Petri-Kirche sonntags immer den Organisten, sozusagen als Ausgleichssport. Und heute abend gibt er ein Konzert mit... Moment mal.«

Sie fingerte ein hektographiertes Programmblatt aus der Aktentasche.

»Mit weltlicher Orgelmusik aus drei Jahrhunderten.«

»Wen juckt's?«

»Mich. Ich muß da hin.«

»Du? Ins Orgelkonzert? Bei diesem Wetter? Wieso?«

»Weil der Buldas mit darüber entscheidet, ob und wie ich meine Prüfung bestehe. Und der Mensch ist grenzenlos eitel. Amateurkünstler halt. Tja. Und wenn ich da hingehe, und ihm hinterher sage, wie genial er georgelt hat, dann fühlt er sich natürlich gebauchkitzelt.«

»Trudi, das ist ja die übelste Schleimspur.«

»Schon. Aber alle aus dem Seminar gehen hin. Und ich muß erst recht, weil er mich besonders auf dem Kieker hat. Bei dem Leistungs- und Konkurrenzdruck heiligt der Zweck ...«

»Alle, sagst du, alle aus dem Seminar? Auch Pierre?«

»Pierre? Wer ist das denn?«

»Neugebauer mein ich, deinen Peter.«

»Mein Peter ... Ja, der auch. Logisch. So, jetzt erstmal unter die Dusche. Ich fließ sonst noch weg hier.«

Die Dusche rauschte. Orgelkonzert? Das wurde ja immer schöner. Das Orgelkonzert sollte ich mir nicht entgehen lassen. Ich ging ins Bad. Trudi stand im Badetuch vor dem Spiegel und ließ den Fön orgeln.

»Sag mal, kann ich da mitkommen?«

»Wohin?«

»Na, in dein Orgelkonzert.«

»Du? Sei doch froh, daß du hierbleiben kannst.«

»Ab und zu hör ich aber ganz gern klassische Musik.«

»Du und klassische Musik? Klassik fängt bei dir bei Elvis an und hört bei den Doors auf und...«

»Ich gehe aber mit!«

Sie sah mich kopfschüttelnd an.

»Von mir aus. Wußte gar nicht, daß du Masochist bist.«

Ich auch nicht. Es war grauenhaft. Die Musik stand wie in Stein gehauen brüllend um mich herum, und der wahre Grund meiner Anwesenheit, Kollege Neugebauer, saß schräg hinter uns, so daß ich nicht ihn, er aber mich und Trudi wunderbar im Visier hatte. Das einzig Tröstliche an der Veranstaltung, der etwa fünfzig Personen auf den Leim gegangen waren, wovon sechsundzwanzig Referendare des Seminars und der Rest offenbar Verwandte des Vortragenden waren, war die Tatsache, daß es kühl war in der Kirche. Es müßte herrlich sein, jetzt schwimmen gehen zu können, sich vom Fluß treiben lassen oder an einen Felsen geklammert... nun ja. Ansonsten waren die Bänke brutal hart; als der Schlußakkord erlösend durchs hohe Haus brandete und hohles Händeklatschen die wiedergewonnene Freiheit feierte, war mein Arsch eingeschlafen.

»Jetzt aber weg hier«, sagte ich. »Meinetwegen sogar Elbwanderweg.«

Daran war freilich nicht zu denken, da nunmehr dem Künstler durch den Chor der Schranzen gehuldigt werden sollte, und zwar in einer als besonders spießig verschrienen Weinstube am Gänsemarkt.

Trudi und ich standen am Kirchenportal und erwarteten den Rest des prüfungsverängstigten Ensembles.

»Nun hau ich aber ab«, sagte ich. »In die ›Alte Mühle‹.«

»Ja klar«, sagte Trudi. »Du hast's gut.«

In dem Moment kam, sportlich federnd und verbindlich lächelnd, Peter Neugebauer auf uns zugeschlendert.

»Wir kennen uns ja schon«, nickte er.

»Allerdings«, sagte ich.

»Kommen Sie auch noch mit in die Weinstube?« frage er, leider nicht in dem lauernden Tonfall, der zu erwarten gewesen wäre.

»Logisch«, sagte ich.

»Ich denk, du hast die Schnauze voll«, wunderte Trudi sich.

»Hab's mir halt anders überlegt«, sagte ich und lächelte Herrn Neugebauer listig zu.

»Na, dann mal los«, sagte der forsch.

Wir schlossen uns den vierundzwanzig weiteren Seminaristen schweigend an, in deren Mitte der glückliche Maestro schwamm. Ich pfiff vor mich hin.

»Time to live, time to lie, time to laugh, time to die...«

»... Take it easy, baby, take it as it comes«, pfiff es zurück – und zwar aus dem Munde Neugebauers.

Das kannte der? Kurios. Nicht unsympathisch irgendwie, wenn auch... Andererseits jedoch... »Idiot«, hatte Nicole gesagt. Und Sylvie? Daß ich in der Kirche... Gar nicht übel. Und der Neugebauer ist vielleicht auch gar nicht so ... Auf jeden Fall wird er sich heute nicht erdreisten ... Schließlich hat er mich gesehen.

»Ich geh doch nicht mehr mit«, sagte ich kurzentschlossen. »Viel Spaß.«

Trudi gab ich einen demonstrativen Kuß und machte auf dem Absatz kehrt.

»Wo gehst du denn hin?«

»In die Kirche!« rief ich. »Wohin denn sonst?«

»Spinnst du?«

»Nett, dein Mann«, sagte Neugebauer.

Aber vielleicht sagte er auch etwas anderes. Denn ich war schon außer Hörweite.

*

Das Lachen höre ich kaum noch, denn ich gehe jetzt. Fragt sich freilich, wohin. Den Hang hinunter, zum Fluß. Die Blicke in meinem Rücken lassen mich laufen, vorbei an den Bienenkästen. Gegen einen trete ich, er schwankt, ich gerate ins Stolpern auf dem letzten steilen Stück bis zum Ufer, laufe flußabwärts. Dann ist das Haus außer Sicht und ich kann endlich Atem holen, setze mich auf einen Felsen, der in die Strömung ragt, starre hinein, den Kopf in die Hände gestützt. Das Wasser schießt vorüber, treibt einen groben Ast an meinen Felsen. Mit dem Fuß stoße ich ihn wieder zurück. Ich brauche keine Gesellschaft. Das Brausen des Wassers. Das Rauschen der Dusche. Worauf habe ich mich eingelassen? Bin ich verkrampft? Oder die anderen? Bin ich verkorkst? Von meinem Kopf? Von der Stadt? Von der, mein Gott, das

Wort, Zweierbeziehung? Wie klassisch! Wie doof! Aber was da oben getrieben wird, ist nie, nimmer, nirgends eine Lösung. Was soll sich eigentlich lösen? Sind sie wirklich so gelöst, die vier da oben in Cantobre? Wirklich freundlich locker? Wirklich natürlich womöglich? Natürlich. Das kann es doch gar nicht mehr geben. Der Hund höchstens noch. Können Automechaniker natürlich sein? Die Spontaneität von denen ist kalkuliert, spekuliert. Das haben sie sich so gedacht. Ein Spaß mit Leuten, die vorüberziehen. Mal etwas Abwechslung im Bett. Ein kleiner Kitzel, neue Kicks. Da läßt sich's locker locker sein. Und Trudi fällt natürlich voll drauf rein. Die fängt sich wahrscheinlich Tripper, Schanker, Herpes und Aids auf einmal. Und Sylvie? Ah, Französinnen... Legende, alles Lug und Trug. Geh mir doch weg, Feuerstein. Du kennst die Bücher. Ich lebe.

Den Trampelpfad den Fluß entlang. Nach zwei Kilometern stößt er auf die Straße nach Nant. Heftig trete ich das Pflaster. Der Asphalt staubt. Gehen tut gut. Es wird schwül. Dunstig. Der Kirchturm ragt über das Dorf, läutet Mittag.

In Nant ist der Hund begraben. Im »Grand Café« bestelle ich einen doppelten Cognac, bei, wegen und trotz der Schwüle. Die Kellnerin sieht mich seltsam an. Deshalb bestelle ich gleich noch einen.

»Doppelt!«

Sie kassiert sofort, verschwindet im Gastraum, döst auf einem Stuhl in die Siesta. Mein Tisch ist klebrig. Fliegen suhlen sich darauf herum. Zum Kotzen.

Weitergehen. Ich stolpere los. Es gelingt mir, zu

schlendern. Was soll ich hier eigentlich anfangen? Vom Marktplatz in eine Seitengasse biegend liegt da plötzlich die Kirche, kauert in der schwülen Last des Mittags. Der Turm verzittert in Erwartung des Gewitters, das im Westen mit graublauen Wolkentürmen aufzieht. Die Straße ist ausgestorben, Menschen und Tiere verdunstet, aufgesogen von den Strahlen der gähnenden Sonne. Die Witterung durchzieht meinen Körper, Kopfschmerzen zucken auf wie erste fahle Blitze, die Klamotten kleben auf der Haut. Jetzt zum Fluß hinuntergehen, schwimmen, an einen Felsen geklammert von der Strömung umspült werden, in den Himmel sehen, wo die Wolken sich über die Sonne schieben, bis schließlich erste schwere Tropfen fallen, um sich ein Stelldichein zu geben mit ihren Geschwistern im Fluß.

Ich gehe schneller, um vor dem Gewitter in der Schlucht zu sein, vorbei an der Kirche, deren schwere Holzflügeltür nur angelehnt ist. Orgelmusik dringt heraus. Ich zögere, öffne die Tür einen Spalt, angesogen von den Tönen. Sie ziehen mich aus dem Gleißen ins Zwielicht des Kirchenschiffs, dessen unvermittelte Kälte mich frösteln läßt. Das Dröhnen der Orgel erfüllt den gewölbten Raum, bald drohend schwellend, bald lieblich verebbend, dann zögernd, dann mutiger, als übe der Organist ein neues Stück für die sonntägliche Messe. Außer dem Organisten, der über mir, unsichtbar, auf der Empore sitzt, ist niemand in der Kirche. Doch, ich, der sich in die letzte Bank setzt, den Kopf gegen das Holz des Gestühls, die Augen geschlossen. Wie lange ich in keiner Kirche mehr gewesen bin. Der Kopfschmerz sickert ab, während ich an das Wasser des Flusses denke, aber es ist die Musik, die beginnt, mich zu umschließen wie Wasser den Taucher auf lichtlosem Meeresgrund. Es ist gleichgültig, was das für Musik ist, ob sie virtuos gespielt wird oder stümperhaft. Diese seltene, diese befreiende Gleichgültigkeit öffnet meine Ohren dem ungewohnten Klanggebrause erst recht. Als würden in meinem Kopf Schleusen aufgerissen, durch die nun etwas hineinschäumt, was lange, zu lange, gestaut war. Von draußen entferntes Donnerrollen; es fließt ins rollende Auf und Ab der Orgel. Langsam, ängstlich erst, verschwimmt die Grenze zwischen mir und der Musik, meine Gedanken werden unklar, als ob man über ein Aquarell ein Glas Wasser gießt, bis die Konturen zerfließen, sich auflösen, um endlich nur noch zufällige Farben zu sein, damit zufrieden, nichts als sich selbst zu bedeuten, alles sein zu können. Ich fließe im Strom der Töne als schwämme ich unten im Fluß. Oder er in mir. Sehr blau.

Jemand spricht. Ich schlage die Augen auf. Da stehen ein Mann, eine Frau, zwei Kinder. Shorts, karierte Hemden, der Fotoapparat. Der Mann spricht zu mir, er wiederholt etwas. Eine Frage? Ich verstehe undeutlich, daß er wissen will, wann die Kirche erbaut ist. Halb benommen stehe ich auf, trete auf den Gang, drehe mich hastig von der Familie ab, deren Blicke mir folgen, als ich mit großen Schritten dem Ausgang zustrebe. In diesem Moment herrscht plötzliche Stille. Die Orgel ist stumm. Ich höre das Knallen meiner Schuhe auf den Steinfliesen, erschrecke über das Geräusch meiner eigenen Schritte, habe das Gefühl, als gäbe es Gefahr, irgendwo dahinten, da oben im Kirchengewölbe. Den Ausgang erreichend, die Straße, die Sonne scheint noch schwach, von fern ein Blitz, fühle ich mich erleichtert in der Schwüle, zwinkere zum Himmel, der trüber wird. Mein linker Fuß wie ein Klumpen, eingeschlafen während der Zeit in der Kirche. Verstorben, denke ich, lache, trete fest auf und merke erleichtert, wie zugleich mit dem Wiedereintreten der Blutzirkulation meine Gedanken sich wieder zu ordnen beginnen. Ich gehe langsamer, wovor soll ich fliehen? Es gelingt mir, zu schlendern.

So, als sei nichts geschehen, erreiche ich den Marktplatz, wo inzwischen wieder Leben eingekehrt ist. Ich muß gut zwei Stunden in der Kirche gesessen haben. Vor dem »Grand Café« steht ein Sonntagsmaler, versucht, umringt von Neugierigen, den Kirchturm aufs Papier zu zwingen. Ich blicke im Vorübergehen auf die Leinwand. Da sieht man nur die Steine, aus der die Kirche erbaut ist. Sonst nichts. Was mag der Maler fühlen, wenn er die Kirche sieht und gar nichts dabei sieht? Ich setze mich, bestelle Kaffee. Als ich die Tasse an die Lippen führe, fallen die ersten Tropfen. Der Maler packt zusammen, die Leute fliehen unter die Markisen.

In den Donner über dem Dorf mischt sich das Geräusch jenes 2 cv-Kastens, dessen Hinfälligkeit mir schon einmal, an gleicher Stelle, verdächtig aufgestoßen ist. Diesmal jedoch klingt es irgendwie lieblich. Ich habe mich doch nicht etwa nach diesem Geklapper gesehnt? Oder gar nach Sylvie und Daniel, die das

Geklapper auf mich zulenken? Sie halten vor dem Café.

»Steig ein!« ruft Sylvie aus dem offenen Fenster.

Ich zögere. Wo bleibt die Entschuldigung?

»Nun mach dich nicht naß. Es regnet sowieso. Los. Wir haben keine Zeit.«

Gemächlich bequeme ich mich auf die Rückbank. Sylvie dreht sich um, zieht mein Gesicht ganz dicht an ihres, indem sie an meinem Ohr zerrt.

»Was haben dir unsere armen Bienen getan? Dummkopf.«

Bin ich manisch-depressiv? Offensichtlich. Eben noch, unten am Fluß, habe ich mich beschissen gefühlt, hintergangen, betrogen, ausgebeutet, mißverstanden, habe diese Leute gehaßt und zum Teufel gewünscht – mitsamt Trudi. Und jetzt, da Sylvie mich am Ohr zieht, mich Dummkopf nennt und große Augen hat, kriecht in mir eine gewisse Zärtlichkeit auf gegenüber der Viererbande von Cantobre – inklusive Trudi – im besonderen aber für Sylvie. Hat mich die Orgel weichgeklopft? Das waren doch keine normalen Gedanken vorhin! Wieder habe ich das ungute Gefühl, etwas sagen zu müssen, ohne zu wissen, was, fange an, herumzustottern, daß es mir leid täte, mit den Bienen, und überhaupt ...

Daniel stößt Sylvie in die Seite und sieht mich durch den Rückspiegel an.

»Wovon redet der eigentlich?«

Sylvie zuckt die Schultern.

»Keine Ahnung. Wenn er so weitermacht, geht er mir bald auf die Nerven.«

»Sylvie, ich . . .« sage ich.

»Bah! Gar nichts. Ruhe. Sieh mal, da oben. Ein Bussard!«

Sie zeigt mit der Hand durch den Fahrtwind zum Himmel.

»Wo? Ich seh nichts.«

»Nichts? Na, dann war da wohl auch keiner.«

Sie lachen. Beinah lache ich mit.

»Wo fahren wir eigentlich hin?«

»Wo wir hinfahren?« Daniel ist entrüstet. »Ich denke, du brauchst so dringend einen Motor? Wir fahren nach Millau, holen deinen Motor, bauen den heute noch ein, und dann kannst du übermorgen schon in Afrika sein.«

»Es eilt nicht so. Hast du denn überhaupt Zeit dafür jetzt? Und überhaupt noch Lust, ich meine, nachdem . . .«

»Zeit? Lust? Zum Arbeiten? Nie . . .«

»Wir nehmen uns nur Zeit«, sagt Sylvie, »um Lust zu haben.«

»Die aber immer«, sagt Daniel.

»Und was, äh, machen die anderen?«

»Pierre«, sagt Daniel, »verbringt den ganzen Tag im Bett.«

»Mit Trudi«, sagt Sylvie.

»Und Nicole«, sagt Daniel, »macht scharfe Fotos von den beiden.«

»Die schickt Trudi dir nach Marokko«, sagt Sylvie. »Postlagernd.«

Sie lachen wieder. Ich mühe mich, einzustimmen, als Daniel einem entgegenkommenden Lastwagen ausweicht, so daß ich gegen die andere Wagentür fliege.

»Sag mal«, erkundige ich mich vorsichtig, »fährst du nicht etwas zu schnell?«

»Überhaupt nicht. Was meinst du, Sylvie?«

»Schnell? Ach was. Du fährst ganz ausgezeichnet, mein Katerchen.«

Mein Katerchen! Ich glaub, es geht los.

Sie dreht sich nochmal zu mir um: »Wenn du Angst hast, kannst du aussteigen.«

IX.

»Der Buldas«, erzählte Trudi bei ihrer überraschend zeitigen Rückkehr von der Nachlese des Orgelkonzerts, wobei sie mich fast mit Sylvie auf der Fahrt nach Millau erwischt hätte (allerdings wäre Daniel noch dabeigewesen), »der Buldas ist nicht nur doof, eitel und langweilig, sondern auch noch geschmacklos. Er hat sich, stell dir das vor, bei der Hitze, er hat sich zum Wein eine Portion Labskaus bestellt.«

Trudi schüttelte sich im erinnernden Ekel. »Und diese Spiegeleier obendrauf, einfach pervers.«

»Ich weiß nicht, was du willst«, sagte ich. »Labskaus schmeckt doch prima, wenn's gut gemacht ist, natürlich nur.«

»Sicher. Aber doch nicht bei dieser Hitze. Und dann zum Wein! Ein schlimmer Typ. Und sowas spielt Orgel.«

»Hast du auch was gegessen?«

»Ja, wir haben Calamari fritti...«

»Wer ist wir?«

»Peter und... äh, die anderen. Na, eben die eine oder der andere. Sieh mich doch nicht so an, Mensch. Deine Eifersucht... Versteh ich nicht. Da läuft gar nichts mit dem Peter. Ist schließlich verheiratet.«

»Das bedauerst du wohl.«

»Du bist unmöglich, Kurt. Auch wie du dich Peter gegenüber benommen hast.«

»Wieso? Hat er denn was gesagt? Über mich, mein ich.«

»Nein. Das heißt, ja. Nett ist er, dein Mann, hat er gesagt.«

»Mann? Seit wann sind wir verheiratet?«

»Gott, Kurt. Das ist doch egal, Mann, Freund. Das läuft bei uns doch sowieso aufs gleiche raus.«

»Und sonst? Hat er sonst noch was gesagt?«

»Von Eifersucht zerfressen seist du.«

»Zerfressen? Von Eifersucht? Ich? Hehe. Sonst noch was?«

»Ja. Er hat uns, dir und mir, empfohlen, ins Kino zu gehen.«

»Wie originell. Mach dir ein paar schöne Stunden... Wieso denn das nun wieder?«

»Weil, er meint, da läuft jetzt ein Film, von dem er glaubt, daß irgendwie... Also, der sei halt gut.«

»Aha. Na, wenn Neugebauer den gut findet...«

»... gehst du natürlich nicht rein.«

»So ist es.«

»Dann geh ich eben allein. Oder mit jemand aus der Frauengruppe.«

»Bitte, bitte. Warum nicht?«

»Eben.«

»Was heißt eben?«

»So heißt der Film.«

»Wie? Eben?«

»Nein, nicht eben. Warum nicht? heißt der. ›Pourquoi pas?‹«

»Französisch, eh...?«

»Ja. Grins nicht so süffisant. Brauchst ja nicht mitzugehen.

»Eben.«

Schwül, gewittrig. Es hing irgendwo an der Elbe fest, entlud sich nicht. Labskaus zum Wein. Übel übel. Ich schlief schlecht.

Am nächsten Abend verabredete Trudi sich mit einer gewissen Gabi oder Gaby fürs Kino. Sie hatte gerade das Haus verlassen, als das Telefon klingelte.

»Feuerstein hier. Kurt, hör mal. Da läuft 'n Film im Abaton, von dem ich gelesen habe, daß er gut...«

»Was denn für 'n Film?«

»›Pourquoi pas?‹ heißt der. Geh ich gleich hin. Kommst du mit?«

»Tja, ich weiß nicht. Das heißt, warum nicht? Gut, ich komm mit.«

»Also, in zwanzig Minuten am Eingang.«

Feuerstein und ich tappten in den Kinosaal, als die Vorstellung schon lief. Auf einem Dorfmarktplatz, offenbar in Südfrankreich, spielten baskenbemützte, schwarzgekleidete, unrasierte alte Männer Boule, redeten kein Wort, rauchten aber wie die Pest, während im Hintergrund ein unsichtbarer Musikant melancholisch das Akkordeon quetschte. Es war aber noch gar nicht der Film, sondern, wie sich schnell herausstellte, nur ein Werbe-Spot für die filterlose Zigaretten-Marke »Bastos« mit der vollen Würze des Südens.

»Astrein gemacht«, murmelte Feuerstein anerkennend.

Er mußte es wissen, da er, wenn er pleite war, und das war er häufig, für Werbeagenturen Texte schrieb. Da es sich dabei nicht um Kunst handele, könne er das gewissenlos tun. Da vergäbe er sich nichts...

»Da möchste dir am liebsten gleich selbst eine ins Gesicht stecken, dann ab nach Südfrankreich, in den Himmel sehen, leben und lebenlassen und...«

»Pst!« pste es hinter uns, denn nun ging es wirklich los mit »Pourquoi pas?«.

Genaugenommen hatte der Film gar keine Handlung. Es ging darin um eine Art Wohngemeinschaft lebenslustiger Mitdreißiger, die irgendwo in einem Pariser Vorort mit sich selbst zufrieden vor sich hinlebten und allerlei banale Alltagsunbilden durchzumachen hatten. Die ganze Geschichte lief auch recht charmant ab, mal abgesehen von einer heftig zerquälten Sequenz, in der deftige Symbolismen Freudianische Sozialisationsblöcke einer der Hauptpersonen abbildern mußten.

»Ich glaub, meine Triebstruktur taumelt«, zischte Feuerstein empört, verhielt sich aber ansonsten überraschend ruhig, lachte sogar hin und wieder und gab diverse Kurzkommentare wie »Godard-Geck«, »Truffaut-Trick«, »Sautet-Zitat«, »Chabrol-Scheiß« oder »Carné-Klau«, womit ich aber herzlich wenig anfangen konnte, die Leute um uns herum wohl auch nicht. Feuerstein sagte das aber auch nur so vor sich hin, in cineastischer Hingabe.

»Gegenschuß, clever, clever«, sagte er einmal, als die einzige Frau dieser Wohngemeinschaft mit dem zweiten Mann im Bett rummachte, welcher aber nicht ihr eigentlicher Liebhaber war; das war vielmehr der erste Mann, der nun seinerseits ausgerechnet in diesem pikanten Moment in der Tür stand, was wohl der Gegenschuß festhielt, weil nämlich sein Moped auf dem Weg zur Arbeit eine Panne hatte und er umkehren mußte. Von solchen Gegenschüssen wimmelte der Film geradezu, und es ging im Grunde bloß immer wieder darum, wie diese drei Leute es schafften, möglichst ohne Eifersucht miteinander zu leben und zu lieben, sah man einmal von einigen eher lustigen Querelen ab, die die Story sozusagen auf Trab hielten. Zum Schluß tauchte dann noch eine zweite Frau auf, aus gutem Hause, die nach gewissen Widrigkeiten und Skrupeln zur Vierten im Bunde wurde, womit auch die Problematik des dauernden Dreiers zu einem, durch zwei dividierbaren, ausgewogenen Happy-End gelangte. Offen blieb allerdings, inwieweit das neue Mitglied des lockeren Ensembles nun ihrerseits auch gewillt sein würde, jener Liebe zu huldigen, die nicht auf eine einzige Person reduziert... Wie gesagt, das blieb offen und der Film war zu Ende.

»Bon alors«, sagte Feuerstein in den Abspann. »Nettes Filmchen. Doch doch. Unterhaltung für Intellektuelle. Bißchen Erotik, aber keine Experimente. Keine Kunst im emphatischen Sinn, aber...«

»Aber gelacht hast du auch.«

»Eben, sag ich ja. Keine Kunst, keine Hochkunst.«

»Wieso?« fragte ich beim Geschiebe ins rammelvolle Foyer. »Darf bei Hochkunst nicht gelacht werden?«

»Ich nicht«, sagte Feuerstein. »Ich seh immer nur die Arbeit. Und wenn's noch so komisch daherkommt. Hinter jedem Lacher steckt saurer Schweiß.«

»Aber du hast doch gelacht, Mensch.«

Er kam um eine Auflösung dieses Widerspruches deshalb herum, weil ich auf jemandes Fuß herumtrat und »O pardon!« sagte. Es war natürlich Trudi.

»Was machst du denn hier?« fragte sie reichlich rhetorisch.

»Ja, was wohl? Blöde Frage. Ich hab mir den Film angesehen. Warum denn nicht? Mit Feuerstein. Er hat mich überredet.«

Draußen wurde uns Gaby oder Gabi vorgestellt, eine Kollegin Trudis, die, sichtlich unter dem Eindruck des Films ein entrücktes Lächeln um die eher eckigen Gesichtszüge mit Damenbart trug.

»Geh'n wir also ein Bier trinken«, schlug Feuerstein vor.

»Und du?« fragte Trudi mich in der »Alten Mühle«, »wie fandest du den Film?«

»Phantastisch...«

»Unsinn«, knurrte Feuerstein.

»Hab ich gesagt, daß ich ihn gut fand? Mit phantastisch meine ich, daß die ganze Story aus den Fingern gesogen ist. Reines Phantasieprodukt. Da hat wer seine unterdrückten sexuellen Wünsche ausgelebt. Unrealistisch. Flucht aus der Wirklichkeit.«

»Zärtlich war das«, schaltet sich hier Gaby oder Gabi ein.

»Und locker«, sagte Trudi.

»Leicht, ganz leicht.«

»Aber nicht seicht.«

»Intelligent.«

»Aber nicht kopflastig.«

»Ironisch.«

»Und sehr, sehr erotisch«, hauchte Trudi verträumt.

»So was«, mischte sich Feuerstein in die weibliche Ästhetikdebatte, »gibt's nur im Kino.«

»Oder in Büchern«, sagte ich.

»Solche Bücher liest du doch sowieso nicht«, glaubte Trudi zu wissen.

»Apropos, Bücher«, dräute aber nun in Feuerstein eine neblige Erinnerung herauf. »Kurt, du wolltest doch... Schreibst du eigentlich die Geschichte?«

»Was für eine Geschichte?« interessierte sich Trudi. »Kurt? Geschichte? Schreiben? Unmöglich.«

»Wovon redest du denn?« wiegelte ich Feuerstein ab und versuchte, ihm durch unauffällige Bewegungen deutlich zu machen, daß ich zwar... Daß aber andererseits Trudi...

Feuerstein merkte aber nichts, sondern sagte, mit einem Hauch Enttäuschung in der Stimme, oder war es Erleichterung? »Dann warst du also auch bloß besoffen.«

Trudi hatte jedoch was gemerkt und fragte, warum ich so nervöse Zuckungen...

»Ich winke nur Sebi«, sagte ich. »Sebi, mach mal zwei Halbe klar!«

»Und zwei Wein«, rief Trudi. »Trocken!«

»Französisch«, sagte Gabi oder Gaby.

»Und leicht, ganz leicht«, ätzte Feuerstein.

Als wir gingen, übernahm er meine Zeche.

»Warum das denn?«

»Weil wir jetzt Partner sind.«

»Partner?«
»Genau. Wir schreiben beide nichts.«

※

Über Millau ist das Gewitter schon hinweggezogen. Die Straßen glänzen vor Feuchtigkeit, die Blumen im Rondell auf dem Marktplatz strahlen in aufdringlicher Klarheit und duften stark. Daniel will sich also auf die Suche nach einem Motor machen, wozu er diverse Werkstätten und Schrottplätze abklappern muß.

»Kann ich helfen?« frage ich.

»Bleib bei Sylvie und hilf ihr beim Einkaufen. Wir treffen uns in einer Stunde hier im ›Café de la Paix‹«, sagt er und setzt uns ab.

»Paß gut auf ihn auf, sonst läuft er wieder weg«, ruft er Sylvie noch aus dem Wagenfenster zu, als er im Verkehrsgewühl davonrattert.

Sylvie und ich essen Eiskaffee. Der Strohhalm sticht durch die Sahnehaube in die Richtung ihrer Lippen.

»Kurt!« Sie sagt, wie immer, Kürt, und bläst mir mit dem Strohhalm ins Gesicht, so daß Schlagsahne auf meinem Schnurrbart hängenbleibt. »Heute abend kochst du. Dann hast du was Sinnvolles zu tun.«

»Ich? Ich kann gar nicht kochen.«

»Kein Deutscher kann kochen. Koch also was Deutsches. Wir werden es dir nicht weiter übel nehmen. Vielleicht Sauerkraut.«

»Sauerkraut«, ärgere ich mich. »Das ist doch pure

Legende. Kein Mensch in Deutschland ißt Sauerkraut.«

»Sondern?«

»Labskaus!« erleuchtet es mich da plötzlich.

»Labs was?« macht Sylvie.

»Labskaus ist ein Gericht aus der Zeit der Segelschiffe. Man verwendet nur solche Zutaten, die lange haltbar und unverderblich sind. Kartoffeln...«

»Natürlich.«

»... Pökelfleisch, Gurken, Zwiebeln, Rote Beete, Hering, vielleicht noch Eier obendrauf. Das Ganze wird durcheinandergerührt.«

Sylvie sieht mich beim Aufzählen der Zutaten beklommen an; als ich sage, alles werde vermischt, erbleicht sie.

»Und das, eh... Und das, sagst du, schmeckt? Segelschiffe, sagst du. Das ist doch längst vorbei.«

Ich nicke zufrieden. Die Sache gefällt mir.

»Schmeckt erstklassig, doch. Man darf natürlich keinen Wein dazu trinken.«

»Sondern?«

»Bier.«

»Natürlich.«

Sie fügt sich, ohne überzeugt zu sein.

Wir ziehen los. Was für ein Gefühl, Sylvie an meiner Seite gehen zu sehen! Sie zwingt mich, in die falsche Richtung zu blicken, reißt mich aber noch rechtzeitig von der Fahrbahn, als Reifen quietschen und heisere Flüche plötzlich mir gelten. Sie faßt mich an der Hand und sagt:

»Du träumst ja.«

In Gedanken danke ich dem Autofahrer, der ihre kleine, feste Hand in meine, die schwitzt, gefügt hat. Solange wir die Besorgungen machen, lassen wir uns nicht mehr los.

Zurück im Café, in Erwartung Daniels, verspüre ich das dringende Bedürfnis, ihr irgendwie mitzuteilen, was ich für sie empfinde. Leider weiß ich selber nicht, was das ist. Und schon gar nicht, wie ich das sagen soll. Oder doch? Indem ich nach Bildern suche, nach Worten, finde ich stets nur abgestandene Floskeln, die meine Gefühle nicht fassen, sondern sie im Gegenteil dadurch, daß ich sie ins Korsett klischierter Liebeserklärungen zwänge, unklarer, auch unsagbarer machen. Und außerdem, scheint mir, hoffe ich, weiß sie sowieso genau, was ich denke. Hätte sie mich sonst an die Hand genommen? Paß gut auf ihn auf, hat Daniel gesagt.

»Sylvie«, sage ich.

»Ja?«

»Ich, äh... ich glaub, ich hab dich gern. Sehr sogar.«

Wie abgrundtief dämlich das klingt. Aber was kann ich sagen? Was tun? Mich zu ihr hinüberbeugen, ihre Haare durch meine Finger gleiten lassen, ihre Brüste berühren, die in meinem Khakihemd stecken? Immer nur diese idiotischen Worte. Sie sieht mich entsprechend spöttisch an. Ich könnte mir die Zunge abbeißen. Mit der Zunge fährt sie sich über die Oberlippe, langt mit dem Arm über den Tisch, legt den Zeigefinger auf meinen Bart, wirft den Kopf zur Seite, kneift die Augen zusammen, mustert mich, sagt aber nur:

»Ich hab dich auch ganz gern, mein Lieber.«

Mein Lieber! Ich schwebe über dem Stuhl.

»Nur...« Sie zieht die Hand zurück, ich sitze wieder. »Ohne Bart würdest du mir besser gefallen.«

Das sagt sie so, daß Widerspruch zwecklos ist. Sie also auch. Denn Trudi ist schon lange der Ansicht, daß der Bart ab muß. Deswegen pflege ich ihn besonders.

Ich muß pinkeln. Als ich zurückkomme, bleibe ich vor dem Spiegel im Toilettengang stehen, lege einen Finger über den Bart. Tatsächlich, albern.

Draußen sitzt Daniel neben Sylvie und läßt sich von ihr den Nacken kraulen.

»Wir kriegen einen Motor«, sagt er. »Aber erst in drei Tagen. Ich muß ihn aus Alès holen, übermorgen. Gérard hat einen stehen, auf dem Hof.«

»Alès«, sagt Sylvie, »das schaffst du nicht an einem Tag.«

»Natürlich nicht«, sagt er und blinzelt mir zu. »Nicole könnte mitkommen, Honigkuchen ausliefern und ihre Schwester besuchen. Bei der können wir dann auch übernachten.«

»Gute Idee.« Sylvie lächelt, sieht mich aber nicht an.

»Ja«, sagt Daniel. »Tut mir leid, Kurt. Du mußt also noch drei Tage in Cantobre bleiben.«

»Ich werd's überleben.«

»Na dann«, sagt er. »Fahren wir also.«

Im Flußtal über Cantobre hat das Gewitter sich festgesetzt, fast stockdunkel regnet es in Strömen. Donnerschläge brechen sich in der Schlucht, Blitze erleuchten für Sekunden das Haus. Während der zehn Meter vom Auto zum Haus werden wir naß bis auf die Knochen. Nicole ist allein, Jean-Jacques drängt sich ihr verstört zwischen die Beine. Plötzlich stehen auch Trudi und Pierre in der Küche, pudelnaß. Der Regen trommelt so laut auf den Schiefer, daß man die Stimme heben muß, um sich verständlich zu machen.

Ich laufe auf die Terrasse, um dort vergessene Bücher hereinzuholen. Wasser prasselt auf meinen Körper, über den Kopf, läuft an mir herunter, die Härchen auf den Armen bilden Muster. Das ist Wetter. Ich setze mich auf einen Stuhl, ziehe mein Hemd aus, schlage ein Buch auf, es rinnt mir durch die Hände. Eine Schlaffheit in allen Gliedern. Im Schneidersitz hocke ich mich auf die Erde, das Wasser dröhnt durch den Schädel. Donner. Blitzschlag. Ich öffne und schließe abwechselnd die Augen. Rote und gelbe Ringe tanzen durch das Tal. Wasser tost um mich herum den Hang hinab, mitfließen können, flüssiger sein. Ich fühle den Körper nicht mehr, etwas sinkt in sich zusammen. Müde, sehr müde. Aber wach. Rote Kreise, gelbe. Alles kreist. Das Rauschen wird bunt. Es klingt. Die Haut weicht. Unten der Fluß. Oder ist er schon hier oben? Die Ferne ist ganz nah. Alles ist blau.

Nicole schüttelt mich an den Schultern. Als ob mir jemand den Stecker herausgezogen hätte.

»Was ist los? Ist dir nicht gut?«

Ich stehe auf. Leichtes Taumeln. Sie hält mich in der Balance.

»Alles in Ordnung. Ich war nur wieder da«, sage ich und zeige irgendwohin.

Sie sieht mich zweifelnd an, schwarze Ringe unter den Augen. Mit der flachen Hand klopft sie meinen Rücken, als ob ich mich verschluckt hätte.

»Komm kochen«, sagt sie. »Wir haben Hunger.«

Sie geht ins Haus, ich trotte hinterher, sehe im Küchenfenster mein Spiegelbild. Mit dem Finger decke ich den Schnurrbart ab. Natürlich muß der weg. Traurig sieht's aus.

Im Bad rasiere ich mich, ziehe mir trockene Sachen an. Als ich in die Küche komme, sieht Trudi mich stirnrunzelnd an.

»Irgendwie«, sagt sie, »siehst du verändert aus.«

Sylvie lacht, Trudi schüttelt den Kopf. Daniel fährt sich grinsend durch den Vollbart.

Während ich koche, machen alle außer Trudi skeptische Gesichter. Sylvie fragt, ob ich auch sicher sei... Als die Rote Beete die ganze Masse pink färbt, hält sie sich die Hand vor den Mund. Schließlich packe ich die Spiegeleier auf und trage den Topf an den Eßtisch. Trudi greift zu und findet lobende Worte. Pierre nimmt deshalb einen großen Bissen. Sein Gesicht klärt sich auf.

»Verblüffend«, sagt er.

»Nicht schlecht«, sagt Daniel.

»Kann man essen«, sagt Nicole.

»Warum nicht?« sagt Sylvie.

Der Topf wird leer. Sylvie staunt.

Daniel holt eine Holzkiste vom Kaminsims.

»Marke Eigenbau«, sagt er, dreht mit großer

Kunstfertigkeit einen Joint und erzählt, wie er sich vorstelle, den Motor abzuholen. Nicole ist einverstanden.

»Und was habt ihr heute gemacht?« fragt Sylvie Trudi und Pierre.

Trudi nimmt einen langen Zug, hustet, bläst den Rauch gegen die Decke.

»Die Kirche«, sagt sie. »Pierre hat mir die Kirche in Nant gezeigt.«

»Kenn ich«, sage ich. »Interessant.«

»Und dann«, sagt Pierre, »haben wir einen Spaziergang den Fluß hinunter gemacht. Da gibt es eine Grotte...«

»Sehr schön«, unterbricht Trudi.

»Besonders das Echo«, sagt Pierre.

Der Joint wandert herum. Jemand legt eine Schallplatte auf. Die Musik folgt den Figuren des Rauchs. Oder der Rauch den Figuren der Musik. Der Regen wird feiner, leiser, gleichmäßig. Die Musik fällt im gleichen Rhythmus in meine Ohren. Einmal fragt Trudi, wie ich mich fühle. Vielleicht fragt sie es auch nicht. Alles ist stillgelegt. Auch die Zeit. Wir sechs sind ganz dicht beieinander. Ein Selbstanschluß. Nichts passiert. Alles ist einfach so da. Irgendwann verschwindet Nicole nach oben. Als auch Sylvie und Daniel gehen, schließe ich mich an. Oder sie nehmen mich mit. Trudi und Pierre bleiben sitzen. Oder sie liegen.

Oben ist es dunkel. Regenwolken vor dem Mond. Beim Ausziehen stoße ich gegen einen Körper. Wessen? Egal. Ich liege. Daniel stößt gegen meine Füße.

»Dreh dich um.«

Ich lege mich mit dem Kopf ans Fußende. Jetzt merke ich, daß es das Kopfende ist. Sylvies Haare. Ein heller Fleck im Dunkeln. Ihre Haut duftet. Sie atmet heftig. Daniel auch. Soll ich mir die Ohren zuhalten? Der Regen wird wieder stärker. Ich höre hin. Alles ist einfach so da. Musik von unten fließt mit den Lauten der beiden ineinander. Irgend etwas singt.

Sie atmen ruhig. Sylvies Hand an meinem Gesicht; sie riecht salzig. Das Meer ist salzig zwischen Marokko und hier.

Mitten in der Nacht erwache ich. Trudi liegt mit dem Kopf in meiner Armbeuge.

»Jetzt weiß ich es«, flüstert sie.

»Was?«

»Dein Bart ist ab.«

Sie legt einen Finger auf meine Oberlippe. Die ist nackt.

*

Am Wochenende fuhr Trudi mit ihrer Frauengruppe auf die Nordseeinsel Föhr.

»Mal zwei, drei Tage keine Bärte sehen. Das wird uns gut tun«, sagte sie, als ich sie am Bahnhof absetzte.

Ich fuhr zu meinen Eltern, mal ein richtiges altes Ehepaar sehen. Das würde mich auf andere Gedanken bringen.

Meine Mutter erzählte, wie immer, Geschichten von damals, als ich noch ganz der ihre war.

»Dein Bruder war ja schon da«, sagte sie beim

Abendessen. »Als du kamst, haben Vati und ich uns gewünscht, daß es ein Mädchen wird.«

»Ja, ja«, sagte ich. »Und dann war's nur ich.«

»Ja«, sagte meine Mutter. »Und weißt du noch, was Tante Nora immer sagte? Die sagte immer, wenn sie dich sah: Kurt, an dir ist ein Mädchen verloren gegangen.«

»Als ich mir den Bart stehen ließ, hat sie endlich damit aufgehört.«

»Ja«, seufzte meine Mutter. »So war das...«

Sonntagabend holte ich Trudi wieder am Bahnhof ab.

»Na, war's nett?«

»Nicht so doll.«

»Wieso?«

»Ich glaub, das ist nichts für mich. Da sind so'n paar verbissene Kämpferinnen, weißt du...«

»Kann ich mir vorstellen. Und sonst? Merkst du gar nichts?«

»Ne, was denn?«

»Sieh mich doch mal an.«

»Was soll sein?«

»Bist du blind? Los, küß mich.«

Wir küßten uns mitten auf dem Bahnsteig.

»O Kurt«, sagte Trudi. »Wie schön.«

»Bedank dich bei Sylvie«, sagte ich.

»Wer ist das denn?«

»Betriebsgeheimnis.«

Sie lachte.

»Willst du mich eifersüchtig machen?«

Warten auf die Sonne. Oben wird es heller. Ich sehe aus dem Fenster ins Blaue und verlasse zufrieden, weil ich weiß, daß ich den Traum verlasse, einen Traum, an den ich mich nicht erinnern kann, um in Hamburg zu erwachen, in Cantobre oder hier und da.

Zwei Hände auf meinen geschlossenen Augen.

»Bist du schon wach?«
»Nein.«
»Um so besser. Wer ist das?«
»Trudi.«
»Falsch.«
»Also Nicole.«
»Falsch.«
»Vielleicht Daniel.«
»Falsch.«
»Dann muß es Pierre sein.«
»Idiot.«

Ihre Locken fallen an meinen Schläfen vorbei. Sie küßt mich auf die Stirn. Ich lege den Kopf in den Nakken, recke das Kinn nach oben, schiele hinter mich, wo Sylvie mit gekreuzten Beinen auf ihrem Kissen sitzt.

»Aber du bist ja schon angezogen.«
»Na, na«, Trudi knufft mich in die Rippen.

Ich drehe mich auf den Bauch und blicke Daniel genau in die Augen. Er liegt mir gegenüber, beide Ellbogen aufgestützt, Sylvies linke Hand auf dem Hinterkopf. Er lächelt mir zu in schlaftrunkener Fröhlichkeit, wirft den Kopf in den Nacken und läßt ein Kikeriki hören, daß manchen Hahn vor Neid erblassen lassen würde. Ich drücke mich gegen Trudi.

»Mir schwillt auch schon der Kamm.«

Sie kichert leise an meinem Hals, legt ein Bein quer über meine Oberschenkel. Da kommt Leben auch unter Pierres und Nicoles Laken. Ihr Kopf erscheint, die Augen verschleiert, die Haare zerzaust, glänzend im frühen Licht. Pierre gähnt aus Bartstoppeln.

Sylvie und Daniel gehen nach unten. Die Dusche rauscht. Zwischen Nicole und Pierre entsteht Bewegung, die ansteckt. Trudi und ich geraten an- und ineinander, vertreiben Reste des Schlafs aus allen Gliedern.

»Kaffee ist fertig«, ruft Daniel.

Trudi und Nicole rufen wie aus einem Munde: »Wir kommen.«

X.

Trudi kam nicht klar mit ihrem Examensprojekt, in dem es darum ging, die Schüler aus ihrer Vereinzelung und Isolation herauszubekommen, indem sie an Gruppenarbeit gewöhnt werden sollten. Dabei waren die Schüler gar nicht so sehr das Problem, sondern die Lehrer, die, anders als die am Projekt beteiligten Referendare, von Gruppenarbeit nichts wissen wollten.

»Für diese Herren, und das Kollegium wird wahrlich von Herren beherrscht, gibt's nur sie. Und ihnen gegenüber eine amorphe Schülermasse. Da picken sie sich dann mehr oder weniger willkürlich einen raus, spielen Rede und Antwort, und das Ganze nennt sich dann Unterricht. Da kann sich doch niemand weiterentwickeln, die Schüler nicht, und die Lehrer natürlich auch nicht.«

Trudi geriet richtig in Rage, was im Hinblick auf ihren Job eher selten vorkam, während wir einen einwöchigen Abwasch-Berg zu bewältigen versuchten.

»Verstehe«, sagte ich. »Das ist so ähnlich wie in der Liebe.«

»Wie meinst du das?« fragte Trudi und quetschte letzte Tropfen aus der Spüli-Flasche.

»Wenn jemand sich jemand sucht, sei's für eine Nacht, sei's für ein paar Monate, Jahre oder meinetwegen gar fürs Leben, oder vielleicht auch nur für seine Phantasien, Wünsche und Träume, dann steht der Suchende doch auch allein gegenüber einer amorphen Masse von potentiellen Partnern. Und zufällig fällt dann die Wahl auf die- oder denjenigen. Und das nennt man dann Liebe.«

»Ziemlich weit hergeholt«, meinte Trudi. »Und wo paßt das eigentliche Problem, die Gruppenarbeit, in deinen Vergleich? Flotte Dreier? Gruppensex? Und wer ist Schüler? Wer Lehrer?«

»So eng darf man das natürlich nicht sehen. War ja auch bloß 'ne Assoziation.«

»Komische Assoziationen hast du in letzter Zeit. Gruppensex...«

»Das hast du doch assoziiert!«

»Ich? Autsch! Scheißmesser!«

»Worauf führst du es denn zurück, daß eure Vorschläge und Ideen von den anderen Kollegen erst gar nicht angenommen, nicht ausprobiert werden?«

»Wenn ich das wüßte. Vielleicht bieten wir einfach zu wenig Alternativen.«

»Siehste!«

»Siehste was?«

»Wie in der Liebe.«

»Kurt, du nimmst das ja gar nicht ernst. Wo ist der Deckel für den großen Pott? Ach ja, danke... Also: was wir vorschlagen, die Unterrichtsmethoden mein ich, ist gruppenorientiert. Aber Gruppenarbeit läuft eben in den meisten Klassen nicht. In Ausnahmefällen, ja. Da läuft's dann auch gleich hervorragend...«

»Im Idealfall sozusagen? Das sind dann eure harmonischen Idyllen, was?«

»Könnte man so nennen«, sagte sie. »Wo nimmst

du bloß neuerdings deine Vergleiche her? Man könnte meinen, du liest Romane.«

Ich sag's ja, sagte ich. Nein: besser, daß ich das nur dachte: wie in der Liebe.

»Bei den meisten Lehrern«, fuhr Trudi fort, »reich mal den Topfschwamm rüber, werden unsere Vorschläge eben nicht akzeptiert.«

»Und woran liegt's?«

»Das hängt mit der Lehrerausbildung, mit der Lehrerrolle zusammen. Das sind grundsätzliche Probleme. Gruppenarbeit ist immer noch was Besonderes, obwohl sie überall propagiert wird.«

Eben, eben, dachte ich.

»Die Schwierigkeit bei gruppenorientiertem Vorgehen besteht darin, die Interaktionen innerhalb der Gruppen zu kontrollieren.«

»Sonst wächst es einem über den Kopf. Verstehe, verstehe...«

»Du bist ja so verständnisvoll heute«, wunderte sie sich. »*Ich* verstehe das überhaupt nicht. Aber desto besser. Wenn also nicht alle Lehrer am gleichen Strang ziehen, dann kann ein einzelner Lehrer diese neuen Methoden auch nur relativ schwer einüben.«

»Leuchtet mir sehr ein«, nickte ich.

»Die Schüler müssen sich ja auch erstmal einüben in das, was sie nicht kennen.«

»Logisch.«

»Wenn Gruppenarbeit effektiv sein soll, vergleichbar oder sogar besser als Einzel- und Frontalunterricht, dann muß man als Lehrer jede Menge Frustrationstoleranz haben.«

»Das kann ich dir sagen.«

»Kurt, denkst du eigentlich an etwas anderes, während ich dir hier meine Probleme... Als ob du träumst.«

»Nein, irgendwie... Frustrationstoleranz sagtest du?«

»Frustrationstoleranz, ja. So, jetzt noch die Bestecke. Und eigene Ängste muß man überwinden.«

»Ängste überwinden. Genau. Das ist der Punkt.«

»Machst du dich über mich lustig?«

»Nein. Du erzählst so plastisch.«

»Du machst dich ja doch über mich lustig. Wie soll ich mich denn sonst ausdrücken, verdammt nochmal? So sind nun mal diese pädagogischen Fachausdrücke.«

»Vielleicht sollte man«, sagte ich etwas versonnen, »eine Geschichte daraus machen. Fiktionen. Wunschbilder...«

»Jetzt reicht's mir aber! Fiktionen, Wunschbilder. Du hast 'nen Knall!«

Sie ließ ein Glas auf den Boden fallen, wahrscheinlich mit Absicht.

»Wenn du Lust und Zeit für Fiktionen hast, bitte sehr. Na, Zeit hast hast du ja reichlich. Ich habe mich an die Realitäten zu halten, an das, was ist. Einer von uns muß ja schließlich arbeiten.«

*

»Heute wird aber wirklich gearbeitet«, sagt Pierre beim Frühstück.

Der Himmel ist blank.

»Leider, leider«, nickt Daniel. »Auf dem Hof steht der Traktor eines Larzac-Bauern. Das ist das Wichtigste. Und dann müssen wir auch noch das Motorrad von Edouard klarmachen. Bei der Schrottmühle wird's länger dauern. Und weil wir dabei ausnahmsweise keinen Motorschadengeräuschimitator brauchen...«

»... bleiben Trudi und Kurt hier und helfen uns«, bestimmt Nicole.

Daniel und Pierre sind weg. Wir vier machen uns ans Saubermachen. Nicole und Sylvie schaffen in den Zimmern und in der Werkstatt, während Trudi und ich die Küche übernehmen. Obwohl ich mich an diesem blankgefegten und etwas kühlen Morgen irgendwie zugehörig fühle, mich als Teil einer Gruppe empfinde, als Stück eines besseren Ganzen, in das meine isolierte Einzigartigkeit eingebunden ist, ohne zu verschwinden, ist es doch dringend an der Zeit, daß wir uns Klarheit verschaffen, auf welches Spiel wir uns eingelassen haben, welche Rolle und Funktion wir in dieser Gruppe erfüllen. Damit wahren wir auch unsere notwendig kritische Distanz, ich zumindest meine, kontrollieren unser doch etwas aus den Bahnen geworfenes Verhalten. Denn immerhin gehen hier Dinge vor, denen man nicht einfach und ohne weiteres zustimmen kann, will man nicht völlig und hemmungslos versinken in den Illusionen dieser kleinen heilen Idylle. Die Gefahr ist da, und zwar wachsend. Es gilt, aller Sympathie, aller Liebe zu gelegentlicher, geordneter Spontaneität zum Trotz, auf der Hut, bei wachem, scheidendem Bewußtsein zu bleiben. Es gibt Situationen, in denen ich merke, wie diese Wachheit eingeschläfert wird, die Orgel, das Gewitter und so weiter. Wir stecken in einer Situation jenseits jeder Normalität, haben eine Panne auf freier Strecke. Das muß man sich immer vor Augen halten. Das muß ich besonders Trudi vor Augen halten, da sie selbst es offenbar nicht tut. Aber wie anfangen? Auf keinen Fall darf aus meinen Worten Eifersucht herausklingen. Das wäre nur Wasser auf ihre Mühlen. Übrigens weiß ich selber nicht genau, ob ich überhaupt eifersüchtig bin. Allerdings hätte ich doch ganz gern mal einige Details darüber erfahren, was Trudi mit Pierre getrieben hat, vor, während oder nach Kirchenbesuch und Gang zur Grotte mit dem besonderen Echo...

»Du weißt, daß ich mich hier, das will ich gar nicht bestreiten, relativ wohl fühle«, fing ich geschickt an. »Und obwohl ich auch weiß, daß du dich hier außerordentlich wohlfühlst, sauwohl sozusagen, meine ich doch, daß es irgendwo Grenzen gibt.«

»Kurt, wenn du schon so anfängst... Aber was soll das heißen, Grenzen?«

»Du dürftest wissen, wovon ich spreche.«

»Vielleicht. Wenn du aber denkst, ich dächte mal wieder, was und wie du denkst, dann bist du diesmal schief gewickelt. Angst hast du. Angst, daß zwischen mir und Pierre etwas laufen könnte. Etwas, was du nicht kontrollieren kannst, was du gar nicht verstehst, was du nicht in deinen Beziehungsgriff bekommst. Erstens ist diese Angst unbegründet. Zweitens ist sie sinnlos. Und drittens solltest du dir mal an deine eigene Nase fassen. Oder besser noch: an deinen nicht mehr vorhandenen Schnurrbart.«

Ich schlucke. Kann ich etwas dafür, daß Sylvie in mich vernarrt ist?

»Ich weiß nicht, wovon du redest.«

Sie lacht übers ganze Gesicht. Steht da und lacht mich an. Oder aus.

»Kurt, also ehrlich. Jetzt wirst du ja richtig niedlich. Wenn du dir es selber nicht eingestehen kannst, weil du Angst hast, dann sage ich es dir, weil ich es weiß: Du bist in Sylvie verliebt, und zwar...«

»Ich? In Sylvie? Woher willst du das denn wissen?«

»Ich weiß es, weil ich es fühle. Mein lieber Mann, ich kenne dich jetzt seit mehr als zwölf Jahren. Da werde ich doch wohl wissen, auf welche Frauen du anspringst.«

»Anspringst? Warum nicht gleich bespringst! Was treibst du denn? Findest du nicht, daß du dich ein bißchen zu hemmungslos ranschmeißt an diesen windigen Pierre, während ich...«

»Windig? Ranschmeißen? Hemmungslos? Und ewig deine Grenzen. Hemmungslos, ja. Warum nicht? Lieber hemmungslos für ein paar Tage als ein Leben lang so verklemmt wie du!«

»Ich verklemmt? Hört hört...«

»Ja, hört hört. Hör genau zu, was meine Hemmungslosigkeit betrifft. Ich habe gestern mit Pierre geschlafen. Und zwar gleich zweimal. Jawohl. Einmal unten am Fluß, bei der Grotte. Und dann, weil's so schön war, gleich nochmal, gestern abend, als ihr alle schon gepennt habt, unten, vor dem Kamin. Und beide Male war es... Ach, das verstehst du ja doch nicht. Deine Scheißgrenzen hängen mir zum Halse heraus, sie stehen mir bis Oberkante Unterlippe. Und weil das so ist, hab ich heute morgen auch noch mit dir geschlafen, du Grenzkontrolleur. Weil ich geil war. Ja, da guckste! Und sogar das hat mir Spaß gemacht. Endlich mal wieder Spaß gemacht, genauer gesagt. Und schließlich: als ich vorgestern nacht mit Sylvie spazieren gegangen bin, hab ich mich auch noch mit ihr abgeknutscht. Zum Aufwärmen sozusagen. Starr mich nicht so dämlich an. Mit deiner süßen Sylvie. Genau.«

Ein Teller entgleitet meinen Händen, zerschellt auf den Fliesen des Küchenbodens. Tausend Stücke mindestens. Alles kaputt. Ob ich, ob wir das je wieder zusammenkitten? Ich durchjage meinen Kopf nach einer rasiermesserscharfgeschliffenen Retourkutsche, die Trudis wahnsinnigen Ausbruch in Sphären der Nymphomanie auf der Stelle stoppen, sie zwingen wird, mich um Verzeihung zu bitten. Leider fällt mir nicht nur nichts Entsprechendes ein, sondern schlimmer noch, da rumort in mir etwas, das davon flüstert, daß sie womöglich recht haben könnte, zumindest nicht völlig im Unrecht... Sie hat mich ja überholt! Meine kleine Trudi ist mir voraus. Meilenweit. Fragt sich natürlich noch, in welcher Richtung. Trotzdem. Wenn ich bei ihr bleiben will, neben ihr, mit ihr, muß ich mich wohl selber schleunigst in Trab setzen.

»Trudi, ich...«
»Bitte?«

Sie sieht mich streitlustig an. Selbstbewußt. Sie ist sehr schön. So kenne ich sie überhaupt nicht.

»Ich wollte dich nur, äh... bitten...«

Da nimmt sie mich einfach in die Arme. Ich denke: heulen müßte man können. Natürlich kann ich nicht. Ein Mann weint nicht. Deshalb vergeht ihm auch so gründlich das Lachen. Irgendwo fühle ich mich hilflos. Aber dann auch wiederum nicht unglücklich. Ich lächele sie an.

»Na bitte«, sagt sie. »Es geht doch. Wenn man nur will...«

»Keine Zitate. Jetzt nicht!«

»Das ist kein Zitat. Das ist die volle Wahrheit.«

Sylvie kommt in die Küche, sieht die Scherben und droht mir mit dem Finger.

»Dich kann man wirklich nicht allein lassen. Damit du nicht auf noch mehr dumme Gedanken kommst, hilfst du jetzt beim Backen. Honigkuchen. Und Trudi auch. Da findet ihr jede Menge Gemeinsamkeiten.«

In der Werkstatt steht Nicole schon vor einem Holzbottich und rührt mit einem riesenhaften Elektroquirl, den sie mit beiden Händen gepackt hält, den Teig. Sylvie nimmt aus einer Kiste einen Stapel Waben, drückt Trudi und mir je ein Messer in die Hand, sagt »aber Vorsicht, Kinder« und erklärt, wie man das Wachs aus den Waben schabt. Es wird gesammelt und später an einen Kerzenmacher verkauft. Die Waben, die wir entwachsen, nimmt Sylvie und klemmt sie in einer Halterung an einer Art Trommel fest, die sich nach unten trichterförmig verjüngt und in einen Eimer mündet. Sie dreht an einer Handkurbel, die an der Trommel steckt, wodurch die Honigschleuder zu rotieren beginnt. Die Assoziationen, die ich beim Anblick des Honigschleuderns habe, erspare ich mir jetzt einmal: denn hier wird hart gearbeitet und nicht herumgeträumt. Der Honig wird also aus den Waben geschleudert, läuft am Rand der Trommel ab und fließt in einem fetten Strahl aus der Trichteröffnung in den Eimer, den, wenn er voll ist, Sylvie in den Teig kippt.

»Soll ich mal rühren?« frage ich Nicole.

Damit er mir nicht aus der Hand schlägt, muß ich den Quirl mit aller Kraft halten. Wir reden nur das Notwendigste.

*

»Hör mal«, sagte Trudi. »Ich bin hier gerade am theoretischen Vorspann. Der muß unmittelbar einleuchten. Ich les dir das mal eben vor: Ziel der Sozioanalyse pädagogischer Organisationen ist die aufdeckende Analyse ihrer institutionellen Struktur. Die institutionelle Struktur kommt aber, wie auch die persönliche, individuelle, nur, und das ist wichtig, Kurt!, verschlüsselt zum Ausdruck und ist weder für die Mitglieder der Organisation noch für den beobachtenden Pädagogen oder Sozialwissenschaftler unmittelbar zugänglich. Verschlüsselt ist die institutionelle Struktur und Dynamik, insonderheit in Kleingruppen bis zu sechs Personen, als das Ineinanderwirken der allgemeinen sozialen Regelungen, Normen, Rollenerwartungen, die der einzelne in die Organisation einbringt oder dort vorfindet; dem aktiven und spontanen Errichten von Regeln und dem Schaffen von Interaktionen in sozialen Gebilden in den Gruppenprozessen und in den konkreten sozialen Gebilden selbst, die sie ausmachen. Ziel der Sozioanalyse ist es, im Feld der konkreten Organisationen Vorkehrungen zu treffen, mit deren Hilfe die verschlüsselten Bedeutungen katalysiert, das, was in der Gesamtheit der Phänomene und Ereignisse aufgelöst und versteckt ist, dingfest gemacht und analysiert werden kann, weil nur so praktische Verhaltensmodifikationen innerhalb einer Gruppe stattfinden und beschrieben werden können. Macht das Sinn? Ich meine, für dich, als Außenstehenden?«

»Um ehrlich zu sein... Doch, ja. Durchaus. Warum nicht?«

*

Aus der Anstrengung gemeinsamer Arbeit fließt eine Atmosphäre der Ruhe, entspannt in der Anspannung. Das Schlagwort von der nichtentfremdeten Arbeit verliert plötzlich seinen hohlen, phraseologischen Charakter. Ich ahne, wie Arbeit befriedigen, Lust machen, sinnvoll sein kann. Ich denke an Lehrauftrag und Forschungsprojekte zu Hause. Zu Hause? An endlose, ermüdende, zermürbende, unfruchtbare Diskussionen mit Kollegen, an die Reihen von Aktenordnern, die Sinn und Zweck unseres Treibens dokumentieren sollen, Hunderte, Tausende Seiten beschriebenen, bedruckten Papiers, die Computerauswürfe, Richtlinien, Vorschriften, Protokolle,

Ausschußnotizen. Das alles gilbt irgendwo vor sich hin. Setzt Staub an.

Durch das Westfenster dringen Strahlen der Nachmittagssonne. Staub tanzt vor den Scheiben. Übermütig, regellos, hemmungslos, ohne System und doch in einer verborgenen, verschlüsselten Ordnung. Meine Hände und Schultern schmerzen. Wo nimmt Nicole die Kraft her, den Quirl so lange zu führen? Sie lächelt mich an und zieht den Stecker aus der Dose. Es ist ganz still.

»Es ist gut«, sagt sie.

Neben dem Backofen liegen Kastenformen aus Blech, die Trudi und ich mit Öl von innen bestreichen, an Sylvie und Nicole weiterreichen, die sie mit Teig füllen und in den Ofen schieben. Dann ist die Arbeit getan.

Es ist später Nachmittag. Wie die Zeit verging, habe ich nicht gemerkt. Ich sehe zum Fenster hinaus. Die Sonne steht tief, taucht die Werkstatt in fettes Gelb. Dann beginnt es zu regnen. Kein Guß wie gestern, sondern sacht und milde. Wir hören das Trommeln auf dem Dach, aber die Sonne steht unbewölkt im Blau. Ich weiß, daß Sonnenregen mich an etwas erinnert, aber weil ich an die Erinnerung denke, fällt es mir nicht ein. Ich gehe nach draußen, schlendere den Weg entlang. Die Tropfen fallen, schmiegen sich an die Haut. Ich lege den Kopf in den Nacken, öffne den Mund. Dann ist die Wolke vorbei. Über Cantobre spannt sich ein Regenbogen, dessen Enden in Nant und auf dem Rand der Schlucht zu liegen scheinen. In den feuchten Gräsern am Wegrand verschränke ich die Hände im Nacken und staune in die Höhe.

»Was machst du hier?«

Sylvie steht vor mir.

»Ich träume, daß ich da oben bin. Über dem Regenbogen.«

»Dann bist du es auch«, sagt sie und setzt sich neben mich.

»Weißt du, warum du mir gefällst?«

»Na?«

»Weil du ein Träumer bist.«

»Ein Träumer? Ich ein Träumer? Das hat noch niemand zu mir gesagt. Ich denke, ich bin Realist.«

»Du denkst! Und weißt du, warum du mir leid tust?«

»Na?«

»Weil du nicht weißt, oder weil du nicht zugeben willst, daß du ein Träumer bist. Weil du Angst hast vorm Träumen.«

Sie legt ihren Kopf in meinen Schoß. Der Regenbogen spiegelt sich in ihren Augen. Die Pupillen sind zwei schwarze Löcher, die in die Unendlichkeit führen. Ihre Lippen auf meinen. Ihr Atem auf meinem Gesicht. Ein leichter Wind.

Daniel und Pierre kommen zurück. Ölverschmiert, müde. Sie bringen einen Räucherschinken mit.

»Wo habt ihr den denn her? Muß ja sündhaft teuer gewesen sein.«

»Keinen Pfennig«, grinst Daniel.

»Habt ihr ihn etwa...«

»Aber Nicole. Die Zeiten sind vorbei. Nein,

Tauschgeschäft. Der Bauer hat ihn uns angeboten, für die Traktor-Reparatur.«

»Urgesellschaft«, sagt Trudi. »Archaisch.«

»Unsinn«, sagt Pierre. »Lecker.«

»Laßt uns essen«, sagt Sylvie und fährt sich mit der Zunge über die Oberlippe.

Nicole und Daniel gehen sofort nach dem Essen zu Bett, weil sie früh nach Alès aufbrechen müssen. Wir anderen sitzen noch auf der Terrasse. Ich habe Muskelkater in Armen und Schultern, habe gearbeitet, mit anderen zusammen gearbeitet, und bin zufrieden. Wir schweigen. Das Schweigen ist angenehm. Zugleich etwas peinlich. Haben wir uns nicht sehr viel zu sagen? Ich frage, ob sie das kennen, die Peinlichkeit im Schweigen.

»Kommt auf die Situation an. Hier, jetzt ist das Schweigen der Sinn.«

»Von was?«

»Des Redens«, sagt Pierre, aber was er damit sagen will, bleibt mir so dunkel wie sein Gesicht, das in der Nacht hängt.

»Schön . . .« sagt Trudi.

»Ist nicht von mir«, sagt Pierre.

»Trotzdem«, sagt Trudi.

Man sieht nichts. Die Gedanken entgleiten dem Verstehen. Die Augen fallen mir zu. Ich will Trudi fragen, ob sie nicht auch müde ist, frage sie aber nicht. Das muß sie selber wissen. Weil es mich betrifft . . . Ja was? Weil es mich betrifft, geht es mich nichts an.

»Gute Nacht.«

»Gute Nacht.«

Nicole und Daniel liegen in dem Bett, in dem sonst Sylvie und Daniel schlafen, das an unseres stößt, an das, in das ich falle, schlafen schon, atmen ruhig. Das Schweigen sei der Sinn des Redens? Dann ist der Schlaf der Sinn des Wachseins. Oder umgekehrt. Ich ein Träumer? Nichts als ein Träumer.

XI.

Die Sommerferien, und damit Trudis Lehrprobe, rückten unerbittlich näher: noch knapp drei Wochen. Das Wetter hatte sich inzwischen wieder normalisiert: wir saßen wie gehabt im Hamburger Schmuddel, was uns beiden eigentlich ganz recht war. Kraft meiner entfesselten Einbildungskraft bekam ich ja gewissermaßen soviel Einheiten Sonnenbestrahlung, wie ich nur wollte, direkt aus Cantobre per mentalem Transport – und sparte sogar das Sonnenöl. Und während Trudi glaubte, das beständige Rattern meiner Schreibmaschine kündete von einer Abhandlung, die meinen Lehrauftrag über die soziologischen Implikate des Massentourismus vorbereiten sollte (wie konnte sie auch ahnen, daß dies Rattern und Haken an bestimmten Buchstaben dazu beigetragen hatte, daß ich eine Vorliebe für Motoren und Reparaturen gefaßt hatte?), saß sie selbst in den letzten Zuckungen ihrer schriftlichen Examensarbeit. Dort ging es zügig dem Ende zu, was sich am besten daraus ablesen ließ, daß sie bereits an der Einleitung herumformulierte. Nachdem sie mir letzte Woche aus dem theoretischen, unmittelbar einleuchtenden Vorspann zitiert hatte (Honigkuchen!), gab sie vorhin, als sie aus der Schule kam, einige Detailproben aus dem, wie sie sagte, eher persönlichen Teil der Einleitung, der in Gruppenarbeit mit allen Projektbeteiligten formuliert wurde.

»Hier geht es primär um unsere persönliche Betroffenheit«, sagte sie. »Das muß man deutlich spüren.

Hör mal her: Wenngleich das distanzlose Vorgehen der Projektgruppe gegenüber den Erwartungen des übrigen Lehrkörpers...«

»Lehrkörper klingt sinnlich.«

»Laß das jetzt. Ich meine es ernst. ... Lehrkörpers also in späterer Zeit erhebliche Probleme produzierte, zumindest zu ihrer Genese beitrug, hat es doch wesentlich geholfen, schnell ein Vertrauensklima zwischen Lehrern und Projektgruppe zu schaffen. Über das gemeinsame Interesse an der Arbeit hinaus, neben den regelmäßigen Arbeitstreffen, wurden die Kontakte recht bald auch auf informeller Ebene fortgeführt.«

»Informelle Ebene? Kommt jetzt die Betroffenheitsarie?«

»Nein. Das heißt, gewissermaßen doch. Informelle Ebene heißt, ich zitiere: beim Lehrer-Sport Volleyball, beim traditionellen Bier danach...«

»Wonach?«

»Nach dem Volleyball, Mann. Bier danach also, im privaten Kreis...«

»Kreis? Meinst du Orgelkonzert und Labskaus?«

»Sicher, unter anderem auch. Und schließlich während des Landschulheimaufenthalts im Teutoburger...«

»Während welchen Landschulheimaufenthalts?«

»Ja, der kommt doch erst noch. Ich schreib's bloß schon hin. Muß doch in fünf Tagen abgeben und...«

»Moment mal, ganz langsam jetzt. Soll das heißen,

daß du, daß ihr in ein Landschulheim oder Schullandheim oder was immer fahrt?«

»Natürlich. Hab ich dir längst erzählt.«

»Gar nichts hast du mir erzählt.«

»Aber Kurt. Siehst du, du hörst mir nie zu. Wo bist du bloß immer mit deinen Gedanken?«

»In Frankreich.«

»Ja, ich weiß schon. Dein Tourismus.«

»Nichts weißt du. Ist ja auch egal. Auf jeden Fall hast du von diesem, diesem Landschulheimaufenthalt kein Wort verlauten...«

»Hab ich doch!«

»Gut. Du hast recht und ich hab meine Ruhe. Wann fährst du?«

»Morgen natürlich.«

»Morgen? Ist ja 'ne dolle Sache.«

»Du, das ist echt wichtig. Schlußabstimmung und so. Und außerdem, dem Buldas noch mal ein bißchen Honig um den Bart schmieren.«

»Dem Buldas! Honig um den Bart. Ich glaub, mein Schnurrbart sprießt. Der Neugebauer-Peter kommt nicht zufällig auch mit?«

»Zufällig doch.«

»Sieh an.«

»Kurt, setz doch mal endlich diese fiese Eifersuchtsmütze ab. Steht dir echt nicht.«

»Steht mir nicht. So. Mir steht so einiges nicht, wenn ich dich sehe.«

»Dein Problem«, sagte sie und packte ihre kleine Reisetasche, in früheren Zeiten BUKO (Beischlaf-Utensilien-Koffer) geheißen.

Heute morgen fuhr sie ab. Ich, trotz alledem der alte Getreue, der Ekkehardt, brachte sie zum Bahnhof.

»In drei Tagen bin ich wieder da.«

Der Zug fuhr an. Ich konnte gerade noch sehen, wie Kollege Neugebauer sich hinter Trudi ins Abteil schob.

»O Gott«, schrie sie aus dem Zugfenster. »Kurt. Kuhurt! Ich glaub, das Bügeleisen ist noch an!«

Es war tatsächlich noch an und hatte in mein Khakihemd ein Loch durch die Brust gekokelt. Sonst war aber nichts weiter passiert. Zum Glück gab's mich ja noch. Wo Trudi wohl ihre Gedanken hatte in diesen Tagen?

*

Die Veränderungen, denen Trudis Verhalten hier, unter dem Einfluß Pierres, unterworfen sind, scheinen inzwischen voll in Bereiche des Unterbewußten eingelappt zu sein. An und für sich, zum Beispiel und eher nebenbei bemerkt, kenne ich die Bewegungen, Drehungen, Wälzer, die sie beim Einschlafen und im Schlaf selbst neben mir zu vollführen pflegt aus dem Effeff. Sie schläft nämlich grundsätzlich nur ein, wenn sie auf der linken Seite liegt, erwacht jedoch ausschließlich bäuchlings. Als sie aber heute nacht ins Bett gekommen ist, ich habe es wie üblich registriert, ohne richtig zu erwachen, ist es mir irgendwie so vorgekommen, als habe sie sich nicht auf die linke Seite gedreht, sondern wäre auf dem Rücken liegend schlankweg eingeratzt. Einfach so, müde, wie sie war, wie wir alle, nach dem harten Tag. Eben wie der sprichwörtliche Stein, als der man ins Bett sinkt. Jetzt allerdings, während ich aus diesem traumlosen Schlaf, zumindest kann ich nichts erinnern, an den Tag torkele, habe ich das Gefühl, daß auch ihre Aufwachgewohnheit verändert ist. Allerhand. Ich nämlich liege mit dem Gesicht zur Wand, Beine angewinkelt, und müßte, wenn alles wäre, wie es ordentlich zu sein hat, Trudi eigentlich nicht spüren dürfen. Ich spüre sie aber, liegt sie doch parallel zu meiner eigenen Körperposition, leicht an mich gedrängt – und eben nicht auf dem Bauch. So habe ich als Kind manchmal neben meiner Mutter gelegen. Kurios, wie ich hier manchmal an meine Kindheit erinnert werde: die Zeit spielt keine Rolle, ich fühle mich unreif, weiß nicht, wie und ob überhaupt ich mich einordnen soll und so weiter und so fort. Ich tunke ja sogar Brot in Kaffee! Liegt wohl an dieser Stimmung, die im Haus herumhängt. Die Stimmung des Einfach So. Vielleicht. Viel leicht. Ja, viel fällt leicht hier, auch wenn's manchmal nervt. Sogar das Erwachen ist einfach. Schön. Es ist warm im Zimmer. Ob wir wieder baden gehen? Nicole und Daniel werden längst weg sein. Ich habe sie nicht gehen gehört, nur irgendwann, es war noch dunkel draußen, das Anlassen des 2 CV. Anlassen ist ja geschmeichelt... Sie haben zusammengelegen heute nacht als ob das selbstverständlich wäre. Daß man darüber nicht spricht, mit Sylvie, mit Pierre... Wer gehört hier eigentlich zu wem? Ich denk, Pierre mit Nicole, und Sylvie mit Daniel. Wenn aber Nicole heut nacht mit Daniel, dann muß ja Pierre mit Sylvie...

Allerhand! Müßte allerdings recht nett sein. Zugegeben. Trotzdem. Irgendwo gibt's immer Grenzen, auch wenn Trudi in dieser Hinsicht neuerdings verschärft anderer Meinung zu sein scheint. Schön blöd würde sie gucken, meine kleine Trudi, wenn sie mich auf einmal neben, sagen wir mal, Sylvie würde liegen sehen. Wäre wohl ein heilsamer Schock für sie. Dann hätte sie mal kurz die grüne Eifersuchtsmütze übergestülpt. Und überhaupt... Ganz unabhängig von dem pädagogischen Effekt: schön müßte es sein, neben Sylvie zu erwachen. Durchaus, doch. Warum nicht?

Nun wacht auch Trudi auf. Reckt sich. Seltsam. Auch das tut sie sonst nie. Sind wir uns wirklich schon so fremd geworden? Leises Gähnen an meinem Rücken, dann ihre Hand in meinem Nacken.

»Na du?«

Wie denn? Was denn? Sylvie! Das ist doch gar nicht möglich. Ich starre sie entgeistert an. Ihre Hand rutscht von meinem Nacken herunter, den Rücken entlang. Sie gähnt wieder, lächelt, legt einen Finger auf den Mund.

»Keine Panik. Ich bin's doch nur.«

In der Tat. Das stimmt. Es ist nicht zu übersehen. Wir liegen jetzt beide auf der Seite, wenden uns die Köpfe zu, unsere Nasenspitzen berühren sich. Fast.

»Wie kommst du in mein Bett?«
»Was heißt dein Bett?«
»Ich denke, eigentlich müßte Trudi...«
»Ja, du denkst.«

Sie schnalzt vorwurfsvoll mit der Zunge, leckt sich die Oberlippe.

»Müßte, müßte«, flüstert sie. »Red nicht so viel von Müssen. Man muß gar nichts. Man darf.«

Kleine Pause.

»Wenn man kann.«

Sie kichert.

»Los, gib mir wenigstens einen Guten-Morgen-Kuß.«

Was ist dagegen zu sagen? Was soll ich dagegen tun? Unsere Nasenspitzen berühren sich, finden aneinander vorbei. Du liebe Güte, das ist ja... ist ja... ja doch. Das ist. Es wird warm werden heute. Wenn nicht heiß. Die Sonne ist schon über unsere Gesichter hinweggewandert. Die Schattenlinie liegt nun an unseren Schultern, zieht langsam tiefer. Wie weiß meine Haut auf ihrer wirkt. Sie spielt mit der Zunge auf meinem Hals. Ihre Hände zart herausfordernd auf meinem Rücken. Die Sonne kriecht tiefer. Das mit den Nasen ist einfach, die finden aneinander vorbei. Anderes ist nicht ohne weiteres vorbeizubringen, wird sperrig, pocht. Die Sonne kriecht tiefer. Die Linie liegt jetzt an den Herzen. Was für ein Morgen. Man darf also. Man darf sein Gesicht in diesen Locken vergraben. Wie leicht. Einfach so. Man darf wohl auch...

»Hallo, ihr beiden.«

Scheiße. Pierre winkt, während an seiner Schulter Trudis verschlafenes Gesicht erscheint. Nun ist alles klar. Glasklar. Mein Kopf hat seine Ordnung wieder. Ordnung macht manches kleiner. Das ist der Preis.

Die Situation ist, das will ich nicht leugnen, nicht völlig reizlos. Aber wer, bitte, hat sie denn geschaffen? Ich? Bin ich denn überhaupt gefragt worden? Wie sich die beiden Frauen anstrahlen, kalt lüstern, sich verständnisinnig zublinzeln. So also läuft der Hase. Der Zufall, das Wunder, neben Sylvie zu erwachen, hat Methode. Das ist ein Plan. Die Sache ist eiskalt kalkuliert, von langer, wenn auch zarter Hand vorbereitet, eingefädelt. Und meine Wenigkeit? Bin ich denn hier das Sexualobjekt? Hab ich nicht auch etwas zu sagen? Und Daniel? Der fröhliche, ahnungslose, hilfsbereite Mensch? Wer fragt den? Und Nicole? Diese zierliche, hilflose, tapfere kleine Frau? Was können diese beiden Unschuldigen tun, während sie sich aufopfern, um für Trudi einen Motor zu besorgen? Während Trudi sich einfach Nicoles Platz im Bett unter den Nagel reißt? Trudi, die hier, angestiftet von Pierre, dieser Charmespritze, ich wußte es doch!, angefeuert von Sylvie, diesem Hürchen, Fäden zu ziehen beginnt. Fäden, vor denen man sich zu hüten hat, will man sich nicht hemmungslos in sie verstricken, nicht zu Fall kommen. O nein, die Damen. Und der werte Herr. Noch ist das schlaue Gefädel nicht stark genug. Noch bin *ich* stark genug. Noch bin ich da. Noch denke ich. Jawohl. Und noch kann ich, wie jetzt, in aller Ruhe aufstehen und lässig, souverän, auf Pierres kumpanenhaftes Gewinke reagieren, denn schließlich gibt es diesen Pierre und dessen Winken nur, weil es mich gibt – und meine Schreibmaschine, die dringend gereinigt werden müßte.

»Morgen allerseits. Ich mache Frühstück. Für alle. Einer muß es ja tun.«

Als ich auf der Treppe untertauche, fliegt ein Kissen hinter mir her. Gekeife.

»Idiot! Dummkopf! Du bist der größte Blödmann, der mir je begegnet ist. Bevor du Kaffee kochst, dusch dich erstmal. Du stinkst! Ja. Geh doch in die Kirche. Da gehörst du hin. Und damit du's genau weißt: ich hab mich im Bett geirrt heut nacht. Du, du...!«

Dann Pierres Stimme, überlaut und deutlich. Eine neuerliche Provokation. Der Versuch einer Provokation, besser gesagt:

»Sylvie, Liebling. Reg dich doch nicht so auf über diesen Typ. Das lohnt nicht. Komm rüber. Komm.«

Dann auch noch Trudi. Gott, wo nimmt sie die Unverfrorenheit her?

»O ja. Bitte, Sylvie. Hier. Zwischen uns. So...«

Ich bleibe ruhig. Das läßt mich kalt. Laß die da oben ihre Peep-Show abziehen. Kindereien. Wie grenzenlos leer und albern Trudi lachen kann... Laß diesen Pierre weiter seine Zweideutigkeiten flüstern, seine polierten Halbwahrheiten, seine angelesenen Sprüche, seine dunklen... Laß Sylvie ihre anmaßende Koketterie. Lasziv ist die Frau. Lasziv und promiskuitiv, oder wie das heißt... Und nymphoman. Hat als Kind wahrscheinlich zu wenig Nestwärme bekommen. Völlig zerrüttetes Elternhaus vermutlich. Jetzt muß sie eben alles nachholen. Im Grunde könnte sie einem leid tun... Was juchzt sie denn so hysterisch? Ja, ich höre. Gebt euch keine

Mühe. Es macht mir nichts aus. Wer nicht erwachsen werden will, bleibt eben in seiner Regression stecken. Was hab ich gestern gedacht? Trudi sei mir voraus, habe mich überholt? Ach du liebe Scheiße... Da hätte sie mich tatsächlich fast eingewickelt mit ihrer Szene. Nichts da. Sylvie gegenüber hab ich vielleicht etwas zu viel Leine gegeben. Da ist mein Gefühlshaushalt sozusagen kurzfristig übergekocht aus dem Topf des Verstandes. Aber jetzt stell ich die Flamme ab. Kaffee für alle? Warum nicht? Jetzt habe ich die Sache im Griff, weil ich sie endlich auf scharfe Begriffe gebracht habe.

*

Die Sache im Griff? Auf scharfe Begriffe gebracht? In der Tat. Und da stand die Sache nun herum. Stand da und rührte sich nicht von der Stelle. An und für sich war die Situation gar nicht mal unerwünscht gewesen. Aber offenbar ließ sich die Einlösung von Wünschen durch nichts so gründlich verhindern wie durch das klare Reflektieren der Umstände, die diese Wünsche herbeigerufen hatten. Nun war es passiert. Da war nichts mehr zu löten...

Ich machte mir eine Dose Ravioli auf. Trudi war also nun in ihrem Schullandheim. Oder Landschulheim. Wie sind eigentlich die Schlafräume in solchen Heimen? Zum Kotzen, die Ravioli. Zum Kotzen die ganze Geschichte, die ganze Situation. Ich war urlaubsreif. Und keine Reise in Sicht... Ach, Elend. Zum Teufel mit Feuerstein, der mich zu diesem Unfug angestiftet hatte. Was hatte ich nun davon? Trudi turtelte mit Pierre, oder Peter, was ja im Endeffekt aufs gleiche hinauslief, in Cantobre oder im Schullandheim, was Jacke wie Hose war. Und ich? Was hatte ich? Was blieb mir? Ein Phantasieprodukt. Eine mäßige Wichsvorlage. Und die mußte ich mir auch noch ruinieren, bevor überhaupt irgend etwas gelaufen war.

Es regnete Bindfäden, aber ich ging trotzdem über zwei Stunden an der Elbe spazieren. Kloake. Auf jedem Dampfer, auf jeder Fähre, die mich Richtung Nordsee passierte, saß das Glück in vollen Zügen – und lief an mir vorbei. Fuhr dahin. Feuerstein. Ich hätte ihn würgen mögen. Der spinnt, sagte Trudi. Leider hatte sie wieder einmal recht. Eigentlich hatte sie immer recht, wenn es um entscheidende Dinge ging. Zum Kotzen.

Gegen Abend klarte der Himmel auf. Dunkelblau. Dunkelblau und sterbenslangweilig. Ich sah nicht einmal hoch. Da war ja doch nur wieder nichts. Auf dem Nachhauseweg trank ich schon mal auf Verdacht drei Halbe und drei Körner in der »Strandperle«, die trostlos am triefenden Dreckufer klebte.

Im Fernsehen lief »Dalli Dalli«. Hans Rosenthal. Ein Muß für Masochisten. War eigentlich der Rosentaler Kadarka ein so hundsmiserabler Wein, weil er den Namen dieser Schießbudenfigur ertragen mußte? Hans Rosenthal, dessen Freunde ihn Hansi nennen dürfen, forderte zwei Quizteilnehmer, die aus unerfindlichen Gründen zur Prominenz gezählt wurden, dazu auf, in möglichst wenig Zeit möglichst viele Worte herunterzuleiern, die irgendwie irgendwo irgendwas mit Reisen zu tun hatten. Koffer kam, Auto wurde gesagt, Hotel genannt, Flugzeug assoziiert, Geld nicht vergessen. Es war alles, alles Unsinn. Es hatte mit Reisen so viel zu tun wie Rosentaler Kadarka mit einem guten Wein, beispielsweise Sebis Côte du Rhone in der »Alten Mühle«. Dann sollten zwei weitere, ebenfalls gänzlich unbekannte Prominente unter gleichen Bedingungen sich Begriffe zum Stichwort Schreiben aus den Fingern saugen, was sie auch mit ungeheurer Stupidität taten: Papier fiel, Schreibtisch sabberte es, Briefumschlag blökte einer. Es war der große Hirnriß. Reisen und Schreiben, Schreiben und Reisen, schreibend reisen. Feuerstein, du unglücksbringende Zitatenquetsche. Das zahl ich dir heim. Als Stargast des Abends erschien auf dem Bildschirm Udo Jürgens und schollerte seinen angeblichen Hit »Griechischer Wein«, dessen Zuckergehalt nun endgültig meine Schmerzgrenze überschritt.

Während ich Richtung »Alte Mühle« latschte, versuchte ich mich vergeblich daran zu erinnern, wie die Schlafräume in dem Landschulheim auf der Insel Wangerooge ausgesehen hatten, wo ich als Zwölfjähriger einmal eine Klassenreise hatte hinmachen müssen. Auf jeden Fall, daran erinnerte ich mich aber haargenau, gab es sehr gemütliche Zweibett-Zimmer für Lehrer und Begleitpersonen! Schönes Projekt. Lernmotivation in Kleingruppen...

Und morgen, schwor ich mir, würde diese unselige Urlaubsgeschichte auf den Müll fliegen, mit Haut und allen blonden Locken. Ich bedauerte heftig, daß wir keine Öfen hatten; oder besser noch, einen offenen

Kamin, in dessen Flammen, in Filmen und Romanen, Liebesbriefe aufzugehen haben oder Manuskripte verkannter Dichter.

Feuerstein war natürlich schon da, was in gewisser Weise zu erwähnen sich erübrigt, da ich wohl eingangs schon einmal darauf hinwies, daß er eigentlich immer da war. Er hockte neben einer drallen Blondine am Tresen und flirtete zitatenfest. Ich setzte mich so, daß die Blondine, die Feuerstein mir als Petra und Schauspielschülerin vorstellte, zwischen ihm und mir einen massiven Block bildete. Dennoch gelang es Feuerstein augenblicklich, dies Kommunikationshemmnis zu umgehen, indem er mich listigerweise im Tresenspiegel fixierte.

»Und sei, gewährt mir die Bitte, in eurem Bunde der Dritte«, quallte er unvermittelt auf mich los. »Das paßt ja, Kurt. Welch ein Bild! Zwei Sprachlose rahmen die produktive Kraft. Wir sind der leere Raum um den Fixstern des Genies.«

Petra lächelte sichtlich geschmeichelt, wiegelte jedoch ab: so weit sei es noch nicht.

»*Noch* nicht!« prostete Feuerstein ihr zu. »Du mußt nämlich wissen, Kurt«, redete er gegen den Spiegel, »daß Petra nicht nur Schauspielschülerin ist. Nein! Sie ist auch«, er erschauerte stimmlich, »und ich möchte sagen in erster Linie«, er trank einen Schluck, »Lyrikerin.«

»Sieh an«, blies ich Zigarettenrauch ins Spiegelbild der produktiven Kraft.

»Noch nichts veröffentlicht«, setzte Feuerstein nach. »Natürlich nicht. Viel zu schade. Das wäre ja das Ende, bevor ein Anfang gemacht ist. Aber in der Schublade«, und er blickte ihr ins Dekolleté, »ich kann dir sagen. Enorm.«

»Na ja«, reimte die Lyrikerin errötend.

»Geht alles nur um ein Thema. Um *das* Thema gewissermaßen. Es geht bei allen Künstlern immer wieder nur um dies eine Thema«, eiferte Feuerstein. »Du trinkst ja gar nichts, Kurt. Ist dir nicht gut? Sebi, mal noch drei Rote!«

»Ums Ficken?« zeigte ich höfliches Interesse.

Petra erbleichte. Feuerstein sah mich so vernichtend an, als ob ich Goethe mit Schiller verwechselt hätte, flüsterte ihr dann etwas ins Ohr, was offenbar besänftigend wirkte, denn nun kicherte sie.

»Kurt schließt gern von sich auf andere«, sagte er laut und kniff ein Auge zu. »Nein, Petras Thema ist, wie soll ich sagen...?«

»Sprachnot«, hauchte Petra.

»Wunderbare Formulierung«, himmelte Feuerstein. »Sprachnot. Ja. Aber volle Kanne...«

Ich zuckte mit den Schultern.

»Kurt kann das nicht verstehen«, tröstete er. »Er schreibt ja nichts. Aber nicht etwa aus Verzicht, nicht aus Überfülle. Nein, einfach, weil er keinen Bock hat.«

Er sah mich streng im Spiegel an und ich war drauf und dran, etwas vom steckengebliebenen Stand der Dinge preiszugeben; aber er war längst abgehoben.

»Petra schreibt davon, warum sie, warum man eigentlich gar nicht schreiben kann. Über die Qual des Schreibens sozusagen. Über die Unmöglichkeit, auch nur das kleinste, das einfachste Ding durch Sprache zu benennen. Sie sucht nach dem Wort, dem einen Zauberwort, das alle anderen Worte überflüssig machen wird. Kann man doch so sagen, oder?«

Die Sprachnotvolle hob den Busen und nickte Zustimmung.

»Sag mal was auf«, sagte ich.

»Rezitieren«, hob Feuerstein sein Glas. »Kurt bittet dich, eine kleine Probe zu rezitieren.«

»Ich weiß nicht«, zierte sie sich kurz, um dann ohne Zögern in den Spiegel zu reden: »Wort komm mit mir Wort quäl mich Wort füll mich Wort laß mich allein...«

»Ist das alles?«

»Natürlich«, sagte Feuerstein feierlich. »Wirklich enorm...«

»Ganz nett«, murmelte ich. Ausgerechnet Petra mußte die auch noch heißen. Was Peter Neugebauer wohl gerade Trudi rezitierte? Was Pierre ihr an der Grotte in die Ohren gesäuselt hatte? Quäl mich? Füll mich?

»Ganz nett, ganz nett«, empörte sich Feuerstein. »Du bist ein Banause. Hättest du je mit Worten gekämpft, statt nur stumpfsinnig deine sogenannte Wissenschaft hinzukritzeln, würden dich diese Zeilen erschüttern. Hättest du damals auf mich gehört, als ich dir diesen großen Stoff zur Bearbeitung überließ, diese Reiseaventüre, würdest du...«

»Ja, hätt ich bloß nicht auf dich gehört, du Quatschkopf. Dann ginge es mir jetzt wahrscheinlich besser.«

Damit hatte ich mich nun aber leider selber verquatscht, und Feuerstein, mit seiner diesbezüglich untrügbaren Witterung hakte auch gleich erbarmungslos nach und ließ Petras Sprachnot einfach im Raum stehen.

»Wie denn? Was denn? Hast du doch? Ich denk, du hast nicht? Ah, du willst nicht darüber sprechen. Logisch. Klar. Kein Problem. Über so was kann man ja auch nicht einfach so plaudern. Du hast also, Kurt. Ich wußte, du bringst es. Auf dich ist Verlaß. Echt.«

Ich bestellte die nächste Runde. Irgendwie kam es schon gar nicht mehr darauf an. Nun konnte ich ihm zumindest noch meine Wut darüber ins Antlitz schleudern, daß ich wegen seiner Irrsinnsidee etliche Sommerwochen am Schreibtisch verdaddelt hatte, für nichts und wieder nichts und überhaupt nichts. Und Trudi war im Schullandheim und Sylvie schmiß mit Kissen nach mir.

»Das kostet dich einiges«, knurrte ich Feuerstein spiegelverkehrt an. »'ne Flasche Côte du Rhone mindestens.«

»Moment«, sagte er da fast divinatorisch. »Ganz langsam jetzt. Go real slow. Take it easy...«

»Nein«, rief ich. »Das sagst du nicht. *Du* nicht!«

»Nicht? Gut, dann eben nicht. Du bist ja so erregt. Hast du gerade einen Höhepunkt am Wickel? Erzähl doch mal.«

»Da läßt sich nichts erzählen, weil...«

»Richtig. Wenn es sich einfach erzählen ließe, würdest du es ja nicht schreiben.«

»Nein, das ist es nicht. Ich hab bloß die Faxen dicke

von dem, was du mir aufgeschwatzt hast. Mentale Exkursionen! Mir reicht's.«

»Mir auch«, gähnte Petra. »Fred«, flötete sie Feuerstein an, »Fredimaus«, ich grinste, »laß uns gehen, ich bin müde.«

Feuerstein schien einen Moment zu wanken, aber er fiel nicht.

»Ich komm ja nach«, träufelte er. »Nimm's mir nicht übel. Die Sache mit Kurt, das ist *meine* Story. Das muß sein jetzt. Da geht es ans Eingemachte, an den Nerv.«

»Allerdings«, bellte ich.

»Eben«, sagte Feuerstein. »Petra, Prinzessin, hier geht es um ein Werk. Und ich war nicht nur der Vater, sondern muß nun auch noch die Hebamme sein.«

Petra Prinzessin schmollte zwar einige Sekündchen vor sich hin, stand dann aber auf und verriet im starken Abgang, daß ihr Wohnungsschlüssel unter der...

»Na, Fredi, du weißt schon.«

»Geht in Ordnung«, sagte Feuerstein. »Es dauert auch nur ein halbes Stündchen.«

Er ging voll in die Offensive, indem er ihren Platz einnahm und an mich heranrückte sowie weiteren Wein orderte.

»Also Kurt. Wo ist der Haken? Da ist einer. Das spüre ich. Und du willst da durch.«

Da durch wollte ich zwar immer noch nicht, sondern sah hin und wieder in den tröstlichen Farben des Côte du Rhone, wie das reinigende Kaminfeuer Blatt für Blatt verzehren würde, aber irgendwie war ich doch neugierig geworden, ob Feuerstein überhaupt dazu in der Lage sein würde, eine so endgültig verkorkste Situation wie die in Cantobre kraft seiner zitierenden Einbildungskraft in Wohlgefallen aufzulösen. Zudem war der abstrakte Kontakt via Tresenspiegel nun einer etwas süffigeren Kommunikationsform von Glas zu Glas gewichen. Meine Widerstände wurden angenagt. Irgendwie gelang es mir auch, den Gang der Geschichte in relativ knappen Worten zu referieren. Als ich bei der Honigkuchenbackerei angelangt war, kam mir plötzlich alles völlig belanglos, simpel, leer vor. Da passierte eigentlich nur – Nichts.

»Feuerstein«, wollte ich endgültig und inzwischen fast ohne Groll die Nadel vom Faden der Geschichte fallen lassen, »du merkst ja, das ist alles viel zu leicht. Da passiert überhaupt nichts.«

»Genial«, leuchtete er. »Leicht darf es doch gerne sein. Es fällt dir ja schließlich nicht leicht, das Leichte zu machen.«

»Weiß Gott nicht«, seufzte ich schwer.

»Das Leichte ist auch schwer, wenn es gut ist, Mann«, salbaderte er, und es klang wie die Schlußapotheose einer Nobelpreis-Laudatio. »Und noch was: Die Aufgabe des Romanschriftstellers ist nicht, große Vorfälle zu erzählen, sondern kleine interessant zu machen. Haun wir uns noch'n Schoppen rein?«

»Und Petra?« mahnte ich ihn. »Das halbe Stündchen ist längst abgelaufen.«

»Petra ist jetzt völlig sekundär. Die gibt's ja wirklich. Ein großer Schriftsteller«, Feuersteins Blick verklärte sich und er zog die Stirn kraus, »hat mal gesagt: Nachts am Schreibtisch, in einem vorgerückten Stadium geistigen Genusses, würde ich die Anwesenheit einer Frau störender empfinden als die Intervention eines Germanisten im Schlafzimmer.«

Neugebauer war, das fiel mir ein, zum Glück kein Germanist, sondern bloß Sport- und Englischlehrer, aber immerhin...

»Primär«, fuhr Feuerstein fort, »primär und quicklebendig ist jetzt Sylvie oder wie die heißt. Was passiert mit der? Was mit dir? Mit euch? Das ist doch das eigentliche Leben, die wahre Liebe. Rein, von der Wirklichkeit unbelästigt.«

»Hast du 'ne Ahnung. Aber gut, sei's drum. Gar nichts passiert. Das ist ja die Scheiße. Der Haken, wenn du so willst.«

Ich schilderte ihm in zarten Andeutungen das Chaos des über Cantobre hereinbrechenden Tages.

»Da läuft nichts mehr. Ich kann nicht immer vor und zurück wie ein Hampelmann. Mach mich doch völlig unglaubwürdig. Und Sylvie auch. Die ist jetzt stinksauer.«

»Kein Wunder«, nickte Feuerstein. »In trüber Wirklichkeit hättest du wahrscheinlich keine Chance mehr. Da hat der Dings, na, du weißt schon, da hat der doch recht, wenn er sagt: Die Frauen verzeihen manchmal dem Mann, der eine gute Gelegenheit ausnutzt, aber sie verzeihen nie demjenigen, der sie ausläßt. Und du hast eine Bombengelegenheit ausgelassen, das ist dir doch wohl klar.«

»Leider. Zwei Rote noch. Und deshalb ist jetzt Sense. Schluß. Finito.«

»Bist du verrückt? Du kannst das doch drehen und wenden wie *du* willst. Du bist doch der Schöpfer, Mann. Du schreibst doch Sylvie. Ohne dich gibt's die gar nicht. Die kannst du jetzt nicht einfach fallen lassen. Das wäre grausam, das wäre in gewisser Weise kaltblütiger Mord, jawohl. Deine Phantasie hat grad einen Knoten, kommt ja vor. Aber Phantasie«, und seine Stimme klang wieder nach ausgelassenen Ausführungszeichen, »du bist eine verführerische und verführte Dirne, und ob du uns gleich des Tages siebenmal mit deinen Bildern täuschest, so tust du es doch mit so viel Liebreiz und schmückst deine Bilder mit so viel lichten Engelsgestalten, daß es eine Schande wäre, mit dir zu brechen. Eine Schande, Kurt. Da mußt du durch.«

»Was heißt durch? Wo durch? Und wohin überhaupt? Die Geschichte hat doch überhaupt keinen Plot. Das läppert doch bloß alles so dahin.«

»Plot, Plot«, belehrte mich Feuerstein. »Nur Phantasielose brauchen einen Plot. Und außerdem hast du ja einen. Du hast sogar den Plot der Plots!«

»Und der wäre?«

»Das Mauseln.«

»Das was?«

»Das, was du schon die ganze Zeit mit Sylvie vorhast. Darauf läuft's raus. Darauf läuft's immer raus. Das ist das einzige Thema. Das ist auch der Höhepunkt. Das Mauseln, jawohl.«

»Also erstens hab ich gar nichts vor mit Sylvie.

Zweitens hast du vorhin noch behauptet, es liefe nicht aufs Mauseln raus, sondern immer und immer auf Sprachnot. Und drittens: was ist das denn eigentlich für ein alberner Begriff, Mauseln?«

»Albern? Kurt, Kurt. Das ist ein etablierter literarischer Terminus, geschaffen von einem großen Wortkünstler fürs, na ja, du weißt schon... Und Sprachnot, wenn ich also mit Petra... Ach du Scheiße! Petra. Wie spät ist es denn? Kurt, ich muß gehen. Sprachnot, du verstehst. Kannst du vielleicht meinen Deckel...? Echt klasse von dir. Ich wußte, du bringst das.«

Er ging dahin auf Harry Hurtig. Ich trank noch ein oder zwei Côte du Rhone, fühlte mich einsam, wie ich da so saß.

XII.

Muckefuck, Vierfruchtmarmelade und dröges Graubrot gibt es in Schullandheimen zum Frühstück, erinnerte ich mich am einsamen Morgenküchentisch, trank einen Liter Orangensaft zur Neutralisierung des Côte du Rhone, nahm zwei Aspirin, machte den Kaffee doppelt stark und ließ den Honig frei und fett aufs Brötchen fließen, bis er an den Seiten herunterlief.

Trudi und Neugebauer würden wahrscheinlich an verschiedenen Tischen sitzen, damit es nicht so auffiel, und sich bloß hin und wieder verstohlen verliebte Blicke zuwerfen, während sie an ihrem Armeebrot würgten.

Zwischen all dem pathetischen Plunder, mit dem Feuerstein mich gestern abend zum Weiterschreiben hatte anstiften wollen, waren, auch wenn ich nicht alle Details in voller Schärfe erinnern konnte, das war nicht von der Hand zu weisen, von der ich Honigreste leckte, durchaus ein, zwei Gedanken, die mich verfolgten, die mich wider bessere Vorsätze zurück an den Schreibtisch zogen, zurück nach Cantobre, wo ja das Kaffeewasser inzwischen fast verkocht sein mußte.

Hinauslaufen täte es also immer, sagte Feuerstein irgendwie, aufs... Was Trudi sich erlaubte, herausnahm, sowohl mit dem Franzosen als auch und erst recht in der projektorientierten Realität ihres Landschulaufenthaltes, sollte ich doch wohl zumindest aufs Papier bekommen können. Wenn ich als Schriftsteller schon Amateur war, dann sollte ich es doch wohl auch in der Phantasie zum Liebhaber bringen können.

Wie war das doch noch gleich mit jenem vorgerückten Stadium geistigen Genusses, den Frauen zu verhunzen pflegen? Wie mit den lichten Engelsgestalten der Phantasie? Im Grunde und so gesehen war es vielleicht auch so übel nicht, daß Trudi weit weg war im Teutoburger Wald, obwohl sie natürlich andererseits...

*

Sie treibt also ihren Schabernack mit den lichten Engelsgestalten Sylvie und Pierre, oben im Schlafzimmer, mit auf mich bezogenem, provokatorischem Getue. Ich pfeife ein einigermaßen lockeres Liedchen, mache den Kaffee klar und decke den Tisch auf der Terrasse. Prall und brütend hängt die Sonne im Himmel, wo wieder sonst nichts ist. Er liegt glatt, blau und knallhell. Oben ist es still geworden. Da ist offenbar auch nichts mehr.

Ich rufe, daß ich nunmehr mit dem Frühstück begänne. Keine Reaktion. Der Honigkuchen, an den ich gestern unentfremdete Hand angelegt habe, schmeckt schlapp. Fünf Stühle stehen unbesetzt um den Tisch herum, drei sind noch leerer als die anderen. Sie gähnen in der Sonne, scharf, grell belichtet. Die Bienen summen aufdringlich, um nicht zu sagen vorwurfsvoll. Der Arsch bin auf jeden Fall wieder mal ich.

Am Ende des Tals, des Blicks, ist es noch dunstig. Letzte Morgennebel heben sich zeitlupenhaft dem Licht entgegen. Schleier, Dunst von gestern, der gegen das stete Gestrahle, gegen die Kraft des Tages, des Heute, langfristig nicht die Spur einer Chance hat. Oben ist es sterbensruhig.

Mir ist, als sähe ich mich selbst sitzen; einsam auf einem Stuhl von sechsen. Es mißfällt mir außerordentlich, wie ich da sitze. Ob ich nicht vielleicht doch eine Art ersten Schritt, eine Geste der Versöhnung oder so?

Ich gehe auf den dunklen Riß der Küchentür zu, wo ich fast mit Trudi zusammenstoße, die »huch!« macht. Sylvie und Pierre kommen die Treppe herunter.

»Frühstück ist fertig«, sage ich, den Umständen entsprechend munter.

Die drei schweigen ein verschwörerisches Schweigen.

»Gut, der Kaffee«, lobt Sylvie.

Na bitte, es geht doch, wenn man... Nun ja, das ist nicht von mir.

»Wir müssen heute das Wachs ausliefern. Der Kerzenmacher in La Cavalerie wartet drauf«, sagt Pierre. »Es reicht, wenn zwei von uns mit dem R 4 fahren.«

»Und wer?« frage ich.

»Wir losen«, sagt Sylvie.

Sie nimmt vier Streichhölzer und bricht von zweien die Reibefläche ab.

»Wer die Hölzer ohne Zündung zieht...«, sagt Pierre,

»... fährt nach La Cavalerie«, ergänzt Trudi.

Da hat es also eine Absprache gegeben. Das ist ja... Stop! Ich will lieber nicht weiter darüber nachdenken. Es führt zu nichts beziehungsweise zum Gegenteil dessen, wohin es führen soll. Ein Erfahrungswert.

Trudi zieht zuerst. Ohne Zündfläche. Pierre streicht mit dem Finger an den drei verbliebenen Hölzern entlang. Ich kann es nicht sehen, aber es ist völlig klar, daß Sylvie ihm irgendwelche geheimen Zeichen gibt; er zieht nämlich energisch das zweite Streichholz ohne Reibekopf.

»Tut mir leid, Trudi«, sagt er tonlos. »Wir beide müssen fahren.«

»Reine Glücksache«, sagt Sylvie.

»Tja«, behauptet Trudi. »Da kann man nichts machen.«

Dann sind sie weg. Sylvie und ich sitzen in der Sonne; sie summt vor sich hin, blinzelt ab und zu in die Wolken, die einzeln, hoch und sehr weiß vorüberziehen.

»Woran denkst du?« frage ich.

»Nichts«, sagt sie.

»Nichts gibt's nicht.«

»Ich denke, woran ich nicht denke.«

»Und woran denkst du nicht?«

»Ich denke nicht an gestern.«

»Sonst noch was?«

»Ich denke nicht an morgen.«

»Und an heute?«

»An heute denke ich auch nicht. Heute ist. Einfach so.«

»Aber wenn man nichts macht, ist heute auch irgendwie nichts.«

»Wir sitzen doch in der Sonne.«

»Schon, aber...«
»Reicht dir das etwa nicht?«
»Doch, doch.«
»Lüg nicht!«
»Woher weißt du, daß ich lüge?«
»Weil ich dasselbe denke wie du.«
»Wie willst du das wissen?«
»Weil ich es weiß.«

Wir sehen wieder in den Himmel. Da weiß man, was man hat.

»Ich weiß was«, sagt sie plötzlich.
»Und?«
»Wir machen eine Wanderung. Und zwar zu der Grotte, in der Trudi und Pierre, ich meine, die Pierre Trudi neulich gezeigt hat. Einverstanden?«
»Einverstanden.«
»Es ist aber ziemlich weit. Man geht fast zwei Stunden. Willst du so weit laufen?«
»Noch viel länger«, sage ich.
»Na bitte«, sagt sie. »Es geht doch, wenn man nur will.«
»Nur darf man...«
»... das Wollen...«
»... nicht wollen.«
»Genau.«

Wir packen zusammen. Brot, Käse, eine Melone, eine Flasche Wein, Zigaretten. Dann ziehen wir los. Jean-Jacques schließt sich uns an. Was Anstandswauwau auf französisch heißt, weiß ich nicht. Wir gehen hinunter zum Fluß und folgen ihm stromaufwärts. In der Stadt, fällt mir ein, ist mir ein Autofahrer zu Hilfe gekommen, um die Distanz zwischen ihr und mir zu verkürzen. Hier unten in der Schlucht der Dourbie bin ich auf mich selbst angewiesen.

Manchmal, wenn der Pfad so eng wird, daß wir hintereinander gehen müssen, beeile ich mich, vor ihr zu gehen, um ihren Gang nicht sehen zu müssen, den ich so gern sehe. Sie geht barfuß, scheint über den Steinen, Disteln, Zweigen, die auf dem Pfad liegen, zu schweben, während ich unbeholfen in meinen Tennis-Schuhen dahintrampele, ab und zu stolpernd.

»Das Gehen«, sagt sie einmal beiläufig, »ist einfacher, wenn man ohne Schuhe läuft.«

Das leuchtet mir nun überhaupt nicht ein, aber ich ziehe probeweise die Schuhe aus. Jetzt schürft, piekt, kratzt mich jede Dorne, Distel, jeder Zweig und Stein. Sie sieht sich mein Geeiere eine Zeitlang an.

»Du mußt deine Füße entspannen.«

»Wie denn? Wie soll ich entspannen, wenn ich dauernd auf Dingen herumtreten muß, die mir weh tun?«

»Du darfst nicht an deine Füße denken. Die sind viel schlauer als dein Kopf, wenn du sie in Frieden läßt. Überhaupt dein ganzer Körper. Deine Füße finden schon ihren Weg. Laß sie laufen. Kontrolliere sie nicht. Du willst immer alles denkend unter Kontrolle haben. Und was hast du davon? Du gerätst dauernd außer Kontrolle.«

Ich außer Kontrolle? Wer hat denn heute morgen mit Kissen geschmissen? Seltsam allerdings: das mit den Füßen stimmt irgendwie. Das Laufen wird langsam leichter. Kaum noch ein Fehltritt. Das Gefühl, als entstünde zwischen Füßen und Grund ein Luftpolster. Trotzdem spüre ich den Boden intensiv. Nicht mehr schmerzhaft, sondern als eine Art Streicheln. Die Fußflächen berühren die Dinge der Erde mit Neugier. Gräser streifen meine Beine. Ich ahne, was das ist: Gehen. Ein zärtlicher Kontakt des Körpers mit dem Grund. Was sonst alles zwischen uns liegt, Schuhe, Strümpfe, Asphalt. Unter dem Pflaster... Sollte das so gemeint sein? Keine Politik jetzt!

Die Sonne steht im Zenit, fällt senkrecht in die Schlucht, schattenlos fast alles hier. Hitze staut sich in den Felswänden, flimmert. Steine, Bäume, Gräser verlieren ihre Konturen. Auflösungen überall. Der Fluß schäumt uns kraftvoll entgegen, Spritzer auf unserer Haut. Ich ziehe mein Hemd aus. Das Gefühl, als verbände sich meine Haut mit der Luft. Verlust der Empfindung, daß die Haut Grenzen zieht. Leicht bin ich und durchlässig. Eukalyptusduft treibt durch Nase und Lungen. Ich kann den Weg sehen, den der Duft nimmt. Seltsam, daß Düfte Farben haben, dieser ist ganz und gar grün. Irgendwie bedauere ich Trudi, die jetzt mit einem Sack Wachs im Auto sitzt oder in einem Gruppenraum im Schullandheim.

Plötzlich endet der Pfad. Die Felsen treten bis unmittelbar an den Fluß. Sylvie bleibt stehen.

»Hier müssen wir durch.«

Jean-Jacques macht an diesem Punkt kehrt. Sylvie zieht sich aus. Wie sie ihr T-Shirt über den Kopf zieht, wünsche ich mir: dies Bild anhalten können. Als ich das wünsche, weiß ich, daß ich es anhalten kann, für ewig in meiner Vorstellung. Sylvie bündelt Hemd und

Hose zusammen, hält sie sich über den Kopf, watet ins Wasser. Es scheint schwierig, die Balance zu halten. Sie geht vorsichtig, abwägend, tastet vor jedem Schritt den Grund mit den Füßen ab, sieht nicht zurück. Ich will ihr folgen, aber ihr Anblick macht mich für Momente ganz starr. Diese äußerste Konzentration, vermischt mit der selbstverständlichsten Leichtigkeit. Wie sie bis zu den Oberschenkeln im Grün des Wassers watet, mit den Händen das Bündel über den Kopf haltend. Sie ist ganz einfach schön. Ich kann das nicht beschreiben. Nymphe, denke ich, aber ich weiß, daß das nicht das Wort ist. Gibt es überhaupt eins?

Sie winkt vom anderen Ufer.

»Komm. Worauf wartest du?«

Ich versuche, ihr so gut es geht alles nachzumachen. Ziehe mich aus, halte mein Bündel, taste den Grund ab. In der Mitte reißt mich die Strömung fast um, aber ich schwanke nur, gehe weiter, überliste die Gewalt des Flusses durch langsame, bewußte Bewegungen, die für sich selber denken.

»Wenn du deine Schuhe erst hier ausgezogen hättest«, sagt sie, als ich mich neben sie in die Böschung setze, »wärst du garantiert ins Wasser gefallen. Aber inzwischen haben deine Füße gelernt. Er aber noch nicht«, kichert sie und zeigt auf meinen Schwanz, der sich wegen der Kälte des Wassers auf Kleinstformat zurückgezogen hat.

»Wart's ab«, sage ich.

»Gib nicht so an«, sagt sie.

Wir gehen weiter. Ich halte sie einmal am Arm fest,

drehe sie zu mir. Sie schlingt die Arme um meinen Hals, unsere Oberkörper denken schon selbständig. Unsere Zungen auch. Sie läßt mich los. Wir gehen weiter.

»Gleich sind wir da«, sagt sie.

Hoch in der Wand der Schlucht muß die Quelle sein, aus der sich der Bach speist, der in einer Höhe von drei, vier Metern über einen vorspringenden Felsen läuft und von dort als Wasserfall in die Dourbie stürzt. Der Katarakt wird gerahmt von verkrüppelten Pinien. Hier endet der Pfad und erweitert sich zu einem grasbewachsenen Platz, umsäumt von Ginster und Eukalyptus. Als wir den Wasserfall sehen, nach einer scharfen Kehre des Flusses, wirft Sylvie ihre Sachen ins Gras und läuft direkt in die herabfallenden Wassermassen. Ich folge ihr.

Das Wasser ist eiskalt. Es verschlägt mir den Atem. Im Schullandheim in Wangerooge setzte manchmal die Warmwasserregulierung der Duschen aus: das waren solche Schocks.

Sylvie ist außer Sicht. Ich wate wieder in den Fluß hinaus, rufe sie. Keine Antwort. Wo steckt sie? Teutoburger Wald? La Cavalerie? Nein, irgendwo hier. Sie kann es unmöglich länger als dreißig Sekunden im eiskalten Wasser aushalten. Also muß sie zwischen dem Sturzbach und der Felswand verschwunden sein. Ich rufe wieder ihren Namen. Trudi! Keine Antwort. Natürlich nicht, woran denke ich denn? Sylvie! Das Echo hallt weit durch die Schlucht. Dann nur Prasseln des Bachs in das Strömen des Flusses.

Plötzlich, sehr fern, dumpf, echolos, ihre Stimme.

»Hier.«

»Wo?«

»Hier.«

Ich laufe durch den Wasserfall. Das Sonnenlicht, das einen Weg durch diesen Vorhang findet, zerfällt in regenbogenfarbiger Diffusität an der Felswand, die über und über mit Moos bewachsen ist. Eigentümlich grünes Gedämmer. Als ich meine Augen an das Zwielicht gewöhnt habe beziehungsweise als meine Augen mich an das Zwielicht gewöhnt haben, sehe ich endlich die mannshohe Spalte im Fels. Die Grotte.

»Sylvie!«

»Hier! Beeil dich. Mir wird kalt.«

In der Grotte ist es kühl, feucht. Milchiges Licht von überall zeigt eine ebenmäßige Kuppel. Von oben tropft es mir ins Gesicht. Und da steht sie. Das Haar schimmert hell. Der Körper ist dunkel. Wie ist das Wort?

Wir gehen aufeinander zu. Ich hebe sie hoch, trage sie durch den Wasserfall hinaus in die Sonne, in den Fluß, dessen Wasser jetzt warm wirkt gegen die Kälte des Falls. Diese Wärme umhüllt uns. Wir halten uns aneinander fest und lassen uns treiben. Im Gurgeln der Strömung höre ich ihre Stimme wie in meinem Ohr.

»Wir sind da.«

*

»Ist nicht da? Wo ist er denn? Bei Petra? Könnten Sie mir vielleicht die Nummer...«

Feuersteins Mitbewohner konnte. Als ich die Nummer von Petra gewählt hatte, war er auch prompt am Apparat.

»Stör ich?«

»Beinah«, sagte er. »Ich hab mir gerade die Zigarette angesteckt.«

»Das trifft sich gut. Ich hab da ein Problem.«

»Wer hat da keins?« gab er zu bedenken. »Aber schieß los.«

»Kannst du dich an gestern abend erinnern?«

»Dunkel. Deine Geschichte, irgendwie. Hast du die Frau, wie heißt sie doch gleich...?«

»Sylvie.«

»Richtig, ja. Ist es nun endlich soweit?«

»Nicht ganz. Das ist ja das Problem. Mit dem, äh... Mauseln, sagtest du?«

»Ganz recht.«

»Also, wie soll man denn sowas beschreiben?«

»Gute Frage.«

Ich konnte fast hören, wie er sich den Kopf kratzte.

»An und für sich würde ich sagen«, sagte er dann, »keine Details. Wenn der Leser nicht genügend eigene Einbildungskraft hat – selber schuld. Andererseits, also eher theoretisch gesprochen... Moment mal. Petra, reich mal das Buch rüber. Ja, das. Momentchen noch, Kurt. ... Hier, genau. Hör zu: Im Augenblick des Ergusses ist der Mann gespalten und uneins. Widersprüchliche Einflüsse...«

»Einflüsse würde passen.«

». . . wirken auf ihn ein. Einerseits empfindet er das tiefe Glücksgefühl, das sich immer einstellt, wenn man seine Kraft spürt, andererseits arbeitet er an der Zerstörung dieser Kraft: er ist sich seines Körpers so sicher wie nie, all seine Energie ist angespannt, und zugleich weiß er um die Unzuverlässigkeit, um den nahen Verlust, brutal wird er von seinem Gipfel heruntergeholt, der Augenblick höchster Kraftentfaltung fällt zusammen mit äußerster Schwäche. Die Ejakulation beweist die absurde Tatsache, daß der Teil die Lust anstelle des Ganzen genießen kann und . . . Du, Kurt, ich merk gerade, das ist ja wie mit dem Schreiben.«

»Wieso?«

»Das mußt du doch spüren, dies Glücksgefühl, wenn etwas gelingt, wenn es aus dir herausströmt, und zugleich die Destruktion dieses Glücks, indem du es hinschreibst. Und dann erst der Frust, wenn das Werk fertig ist.«

»Feuerstein, ich wollte bloß einen Vorschlag von dir, wie man vielleicht, also ob man überhaupt . . .«

»Ja, ja. Also weiter: Allen Orgasmusanhängern ist die Sehnsucht nach jener alles belebenden Kraft gemein, deren Ausfluß und Triumph und so weiter . . . Und dann hier: Alle hängen sie an der Vorstellung eines orgiastischen Bedürfnisses, jener . . ., nein. Dies noch: Wovon träumt der Mann, wenn er kopuliert? Er träumt davon, sich gehenzulassen, ohne daß dies das Ende seiner Lust bedeutet, er träumt davon, eine Lust zu erleben, die der der Frau gleicht, die grenzenlos ist und in der er sich bedingungslos verlieren kann. So wird die Ekstase der Frau zu seiner Utopie. Sie beschäftigt seine Phantasie und...«

»Feuerstein, Mensch! Das ist doch alles Theorie. Und zweifelhafte außerdem.«

»Ja und? Der moderne Roman hat doch längst Theorie, Wissenschaft, alles was du willst, in sich aufgesogen. Das geht schon, das kann man machen.«

»Ich schreibe aber gar keinen modernen Roman, sondern...«

»Sondern?«

»Ach, was weiß ich. Ich wollte dich doch bloß fragen, wie man Mauseln macht. Im Text, mein ich. Mal ein konkretes Beispiel, außer Porno.«

»›Zauberberg‹, Thomas Mann. Interessante Lösung insofern, als er den Leser zum Voyeur macht, der aber nichts zu sehen bekommt, sondern lesend durch eine dünne Wand hört und sich entsprechend selber Bilder...«

»Hast du's vielleicht auch noch 'ne Nummer unmittelbarer?«

»Tja Kurt, um ehrlich zu sein, da wüßte ich auch nicht so recht. Im Film, möchte ich sagen, also nimm beispielsweise ›Don't look now‹, oder auch...«

»Na, laß mal gut sein. Du weißt es also auch nicht. Aber mich auf solches Gelände locken. Mauseln, darauf läuft's raus, ha! Nun steh ich da.«

»Kurt, nichts für ungut. Ich muß jetzt Schluß machen. Petra, weißt du... Sprachnot, du verstehst.«

*

Und jetzt? Auf zwei Bäuchen im Gras liegen etwa? Uns von der Sonne zurückgeben lassen, was wir an Wärme im Fluß ließen vielleicht? Die Gräser als Bett begreifen zum Beispiel? Den Wind als Streicheln empfinden möglicherweise? Den Bach in die Tiefe fallen hören, sein Singen zerprasseln lassen im Strudeln des Flusses eventuell? Alles um uns herum wahrnehmen und selbst mitten darin sein dürfen versuchsweise? In dies ganze Herum hineinsinken unter Umständen? Fühlen, riechen, hören zur Abwechslung? Nichts zu fürchten haben gar? Nichts zu sagen? Nichts zu denken? Uns zugehörig empfinden wie jeder einzelne Grashalm des Platzes? Einfach da sein? Dies für den Ort halten? Den Tag? Die Stunde? Tage und Stunden aber zugleich weit weg zu wissen? Weit hinter uns, über uns, unter uns? Weit hinter der Zeit selbst? Nebeneinanderliegen erst, miteinander sein? Sich finden? Und langsam, ganz langsam ineinanderfießen? Die Grenzen der Körper vergessen? Den Bach durch uns hindurchrauschen lassen? Den Fluß? Uns treiben lassen in seiner Gewalt und Tiefe? Die Töne anschwellen lassen zu Chören von Bächen, Flüssen, Strömen, die Meere gebären? Meere zwischen hier und Marokko? Zwischen hier und dem Teutoburger Wald? Nicht an Trudi denken? Oder doch an Trudi denken? Dann nämlich, wenn wir an nichts denken? Trudi einfach auch da sein lassen? Hier? Nicht wissen wer wer ist? Den Wind stöhnen hören, wie er sich in der Grotte fängt? Laute vernehmen, die ohne zu sprechen sagen, wie mächtig ein jedes ist, was lebt, atmet? Wie hilflos ein jedes ist, was nimmt, gibt, sich windend und dehnend zu verlassen versucht? Um sich wiederzufinden in einem anderen, was doch nichts ist als ein Teil seiner selbst? Reiten reiten reiten? Ankommen müssen? Ankommen können? Ankommen dürfen? Ankommen? Zerstreuen? Zerfließen? Da sein? Da? Sich langsam verebben lassen? Das Heben und Senken des Atems spüren? Wogen glätten? Finger der Feuchtigkeit schließlich versickern lassen? Etwa so womöglich? Oder ist alles anders?

Auf jeden Fall steht der Wind auf einmal ganz still. Wir sitzen im Schatten eines Baumes, essen und trinken, was wir mitgenommen haben. Der Rotwein legt sich schwer auf die Glieder, schenkt dennoch ein Gefühl der Leichtigkeit, löst aber auch die Zunge für dummes Zeug.

»Sylvie, ich liebe dich.«

»Idiot«, sagt sie.

Das ist nun nicht gerade die erwartete Antwort. Zum Glück erklärt sie sich etwas differenzierter.

»Sowas sagt man nicht.«

»Ich schon.«

»Weil du blöd bist. Es ist genauso blöd, wie wenn du sagen würdest, daß die Natur, hier um uns herum, schön ist.«

»Wieso blöd. Sie ist doch schön.«

»Ja. Ist sie. Und weil sie es ist, brauchst du ja nicht auch noch darüber reden.«

*

Ausgerechnet jetzt klingelt das Telefon. Das würde Trudi sein, um ihre Ankunftszeit mitzuteilen. Es war aber wieder nur Feuerstein.

»Kurt, hör zu. Ich hab nochmal nachgedacht über die Sache. Egal, wie du's anpackst, eins ist enorm wichtig.«

»Nämlich?«

»Laß bloß niemanden sagen: ich liebe dich oder sowas. Das ist, wenn du schon mauseln läßt, irgendwie redundant. Da ver Bindestrich sagen die Worte. Sagt Petra auch. Und wenn du dich schon an Liebesgeschichten ranwagst, lös bloß nicht mögliche Disparitäten auf. Ich muß dir da doch nochmal was zitieren, also: Dem anderen deutliche, klare Kontur zu verleihen – das ist der Imperativ im Kern der Liebeserklärung. Der andere ist ein Gewirr von flüchtigen, mobilen Disparitäten, ein Schillern von Verschiedenheiten, in das die Formel ›Ich liebe dich‹ eindringt, um Sinn zu stiften. Ein scharfer Riß trennt den Gegenstand meiner Liebe vom ganzen Rest, von all dem was er nicht ist. Ein Wesen – das Du – wird durch Gegenüberstellung identifiziert. Ich liebe dich: dich und nicht den anderen, den Abgetrennten, den Vielförmigen, der seine Unbeständigkeit jenseits der gesetzmäßigen Ordnung des Duzens entfaltet. Ich liebe dich: dich und nicht die anderen, die unabsehbare Menge potentieller oder tatsächlicher Bewerber. Lieben heißt aussondern. Dank eines doppelten Opfers – der Adressat opfert seine Unendlichkeit, der Absender die Unbegrenztheit seines Verlangens – kann das Gefühlsleben nun ans Licht kommen. Die Liebeserklärung, das Versprechen, die Menschheit beiseite zu lassen, und die Bitte an den anderen, eine bestimmte Gestalt anzunehmen – ist mithin die feierliche semiotische Handlung, die die diffuse Welt der Andersartigkeit in dies und nichtdies unterteilt, die der Vielfältigkeit die Polizei des Zeichens auf den Hals hetzt, sozusagen Grenzen zieht. Und das, Kurt, ist immer die große Gefahr. Nicht nur in der Liebe, sondern auch und ganz besonders beim Schreiben, in der Literatur. Also, werd bloß nicht eindeutig, sag bloß nicht...«

»Etwas kompliziert ausgedrückt. Findest du nicht?«

»Schon, ja. Zugegeben. Ich wollte dich auch nur warnen und...«

»Nett von dir. Leider zu spät. Es ist schon passiert.«

»Um Gottes willen«, sagte Feuerstein.

*

Es ist aber alles gar nicht so schlimm. Und schon gar nicht so kompliziert. Wir sehen nämlich einfach nur in den Himmel, wo außer Blau noch immer nichts ist. Bloß daß es nun später Nachmittag geworden ist, die Schatten lang und die Sonne hat fast den Rand der Schlucht erreicht. Was Trudi treibt? Ob sie sowas erlebt? Und wenn wie? Kann sie darüber sprechen? Mit mir?

»Woran denkst du?« Sylvie stößt mich an.

»An Trudi«, sage ich.

»Das ist nun aber wirklich schön«, sagt sie. »Jetzt können wir gehen.«

Als wir den Fluß durchqueren, falle ich kurz vor dem anderen Ufer ins Wasser, verliere mein Bündel, kann die Hose retten, aber mein Hemd treibt davon. Wenn der Pfad so eng wird, daß wir nicht nebeneinander gehen können, lasse ich mich zurückfallen, um sie vor mir gehen zu sehen.

Trudi und Pierre sind schon da. Sie sitzen vor der Töpferscheibe, wo er ihr erklärt, wie und warum so schwer zu machen ist, was leicht aussieht. Trudi umarmt mich zur Begrüßung und macht ein geheimnisvolles Gesicht.

»Rat mal, was ich gefunden habe?«
»Keine Ahnung.«
»Es gehört dir.«
»Ich vermisse aber nichts.«

Sie nimmt mich bei der Hand, zieht mich vor die Haustür. Da hängt auf der Wäscheleine mein Hemd und ist fast trocken.

»Wir haben ... gebadet. Und da ist mir dein Hemd direkt in die Arme getrieben.«
»So ist das Leben«, sagt Pierre.
»Das ist die Liebe«, sagt Sylvie.

Pierre und ich kochen, während Sylvie und Trudi noch einen Spaziergang machen wollen, was mir unsinnig vorkommt, ist Sylvie doch heute mit mir schon über vier Stunden marschiert.

»Es geht doch nicht ums Laufen«, sagt sie.
»Sondern?«
»Das verstehst du nie«, sagt Trudi.

Sie ziehen ab.

»Ich werd's auch nie kapieren«, zuckt Pierre die Schultern.

»Was?«

»Die Frauen...«

»Wo wart ihr?« fragt Pierre nach dem Essen Sylvie und mich.

»Da unten«, sagt Sylvie. »Und ihr?«

»Da oben«, sagt Trudi, schiebt ihre Hand über den Tisch und legt sie auf meine.

Ich habe also mit Sylvie geschlafen. Trudi weiß es. Es ist nicht wichtig. Es ist sogar völlig unwichtig, daß ich mit ihr. Oder sie mit mir. Oder wir beide zusammen. Oder daß ich dabei an Trudi gedacht habe. Oder daß Trudi mit Pierre.

»Es ist eins«, sagt der plötzlich.

»Zeit zum Schlafen«, sagt Sylvie.

Wir vier liegen noch wach. Was wird Nicole sagen, denke ich, wenn sie zurückkommt.

»Was wird Daniel sagen?« fragt Trudi in die Stille.

»Daß wir gut auf euch aufgepaßt haben«, sagt Sylvie.

Auf einmal weiß ich, daß alle Angst unsinnig ist und alle Skrupel nur Angst sind. Eigentlich ist alles leicht. Einfach. Und dann ist da etwas neu heute nacht. Oder anders. Ich kenne das Gefühl von früher. Aber es war lange nicht da. Daß es überhaupt noch da ist. Oder wieder da ist. Was ist es? Plötzlich habe ich es, für einen Moment blitzt es auf, ganz sicher und klar, tief unten im Treiben von mir zu Sylvie:

Ich vermisse Trudi und weiß genau, auch ich fehle ihr jetzt. Aber ich bin doch da. Als wir einschlafen, zwei und zwei, sind wir vier glücklich und eins.

XIII.

Von irgendwoher nähert sich das Motorengeräusch und erstirbt vor der Haustür. Schritte in der Werkstatt. Das müde Knarren der Schlafzimmertür.

*

»Ich konnte nicht anrufen«, sagte Trudi. »Da war das Telefon kaputt.«
Sie sah schrecklich müde aus.
»Schlaf weiter«, sagte sie und legte sich zu mir.

*

Daniel flüstert etwas. Unwillkürlich rücke ich einige Zentimeter von Sylvie ab, stelle mich schlafend und horche in den Raum.

*

»Ich kann nicht schlafen«, sagte ich. »Erzähl mal, wie's war.«
»Muckefuck«, gähnte Trudi. »Viel Arbeit. Und kaputte Duschen.«
»Und sonst?«
»Da war nichts«, sagte sie.
Da wußte ich es.

*

Das Rascheln ihrer Klamotten, die auf den Boden fallen. Unverständliches Tuscheln. Unterdrücktes Lachen Daniels. Das Stöhnen des Betts, in das sie fallen. Zwei Köpfe nähern sich meinem.

»Morgen«, gähnte Trudi. »Morgen erzähl ich dir alles.«
 Sie legte ihren Kopf in meinen Arm.

*

Wie war's in der Zivilisation, will ich fragen, aber da schlafen sie schon. Tiefes gleichmäßiges Atmen. Wie aus einem Munde. Eng aneinandergedrängt liegen sie da

*

lagen wir da

*

während schon das Grau des Morgens ins Zimmer

*

kroch. Ich drehte mich Trudi zu, legte ihr den anderen Arm über Brust und Schulter

*

spüre Sylvies Hüfte warm und fest an meiner. Schlafe

*

wieder ein.

*

»Morgen muß ich abgeben«, sagte Trudi beim Frühstück, nach ein paar Stunden Schlaf nicht eben munter. »Heute noch schnell kopieren, binden, der ganze

Scheiß. Technischer Kleinkram. Hält aber auf. Gott, Kurt, bin ich froh, daß das hinter mir liegt.«
»Ja«, sagte ich. »Morgen fahren wir weiter.«
»Fahren? Und wieso wir?«
»Na, du mußt doch noch deine Mündliche, die Lehrprobe machen. Und wir, ich meine, irgendwie hab ich mit der ganzen Angelegenheit ja schließlich auch was zu tun. Auf informeller Ebene, wenn du so willst.«
»Das stimmt. Und du warst ganz großartig. Hast dich kaum nerven lassen. War ich eigentlich sehr unerträglich?«
»Ach was. Ich habe deine Arbeitsdisziplin bewundert.«
»Na, du hast aber auch ganz schön reingehauen, für deinen Lehrauftrag. Sitzt ja dauernd am Schreibtisch. Bist ja ganz blaß. So, ich muß los.«
Sie ging. Die Wohnungstür knallte. Ich wollte gerade das Manuskript aus dem Fach holen, als sie zurückkam.
»Hast du was vergessen?«
»Nein. Es ist nur ... Ich muß dir was sagen. Ich muß es dir jetzt sagen. Gestern abend wollte ich schon, aber ich konnte irgendwie nicht. Ich...«
»Du hast mit Neuge..., ich mein mit Peter gemauselt.«
»Ge-was?«
»Geschlafen.«
»Woher weißt du das?«
»Ist doch egal. Ich weiß es.«
»Und?«

»Und was?«
»Bist du gar nicht sauer?«
»Wär dir das lieber?«
»Natürlich nicht, aber...«
»Liebst du ihn?«
»Natürlich nicht.«
»Er dich?«
»Nein.«
»Du mich?«
»Ja.«

*

Der Himmel ist glatt. Wir frühstücken. Sylvie sitzt auf Daniels Schoß und krault ihm den Bart.

»Schön, daß ihr wieder da seid«, sagt Trudi.

»Finde ich auch«, sage ich.

»Wir haben den Motor«, sagt Daniel. »Pierre, du und ich werden ihn nachher einbauen. Technisch kein Problem. Hält aber auf.«

Nun wird es ernst. Unser Zwangsaufenthalt geht dem Ende zu, unsere Fähre morgen abend. Dann beginnt die Reise.

»Gut«, sage ich. »Schade eigentlich, daß die Zeit so schnell vergangen ist.«

»Es ist nicht wichtig«, sagt Pierre, »wie lange etwas dauert. Es kommt nur darauf an, wie man die Dauer füllt.«

Seine Zweideutigkeiten stören mich nicht mehr. Der Himmel ist leer.

Trudi guckt traurig und rührt im kalten Kaffee.

Pierre nimmt den 2 cv, auf dessen Ladefläche der

Motor liegt, Daniel und ich fahren mit dem R 4. Soll ich etwas sagen? Was soll ich sagen? Wie? Ich nehme den Holzhammer.

»Daniel, was ich dir sagen...«
»Ja?«
»Ich... äh, ja also. Ich habe mit Sylvie geschlafen.«
»Wie bitte?«
Er ist also doch schockiert.
»Ich habe mit Sylvie geschlafen und...«
»Ach so«, sagt er gedehnt. »Sylvie hat mit dir geschlafen.«
»Ja, genau. Bist du, äh...«
»Sauer?«
»Sauer, ja.«
»Wär dir das lieber?«
»Natürlich nicht, aber...«
»Gut. Ich hab italienische Vorfahren und also im Stiefel einen Dolch. Soll ich den rausholen? Fühlst du dich dann wohler?«
»Nicht unbedingt.«
»Na also.«
Wir lachen. Er fährt wie ein Henker.
»Hättest du mir übrigens gar nicht zu sagen brauchen«, sagt er plötzlich. »Erstens ist es, wenn überhaupt, nur das Problem von Trudi und dir. Und zweitens hab ich es ja sowieso schon gewußt.«
»Wieso? Hat Sylvie es schon erzählt?«
»Nein, wieso? Ich hab es doch *vorher* gewußt.«
»Versteh ich nicht.«
»Um ehrlich zu sein, ich versteh es auch nicht ganz.

Als ich dich und Sylvie das erste Mal nebeneinander sitzen sah, weißt du, an dem Tag, als ihr die Panne hattet, im ›Grand Café‹ in Nant, da wußte ich, daß ihr beide irgend etwas miteinander zu regeln hattet. Nun frag mich aber bloß nicht, warum.«

»Ist ja komisch«, sage ich.

»Allerdings.«

In der Werkstatt schlüpfen wir in die Overalls. Der Bus wird aufgebockt und Pierre und Daniel beginnen, alle möglichen Verbindungen zum Motor abzuschrauben, reichen mir die Teile zu, die ich in sauberer Reihenfolge und Ordnung auf den Boden zu legen habe. Ansonsten besteht meine Aufgabe darin, ihnen das benötigte Werkzeug anzureichen und wieder abzunehmen. Sie haben Routine, arbeiten schweigend und schnell. Schließlich schieben sie eine Hebebühne ans Wagenheck, die sie bis auf Motorhöhe hochpumpen. Gemeinsam schieben und drücken wir den Motor heraus, ziehen ihn auf den Hof. Schrott.

Das einzige, was ich davon behalten werde, was es bedeutet, einen alten gegen einen neuen Motor auszutauschen, ist die Tatsache, daß dort, wo vorher ein alter Motor gesessen hat nun ein neuer sitzt. Der offenbar unkomplizierte Prozeß, der zum Ergebnis führt, bleibt mir unerklärlich. Ich verstehe sie nicht, diese Rädchen, Ventile, Kolben, Scheiben, Kabel, Drähte, die den öligen Metallhaufen ausmachen, den man Motor nennt. Alles was ich weiß ist, daß unser Bus damit wieder fahren wird. Fahren als sei nichts passiert. Fahren wie zuvor.

»Motoren sind Körper«, sagt Pierre. »Es ist ganz leicht, mit ihnen umzugehen.«

Trotz meiner Assistenz benötigen die beiden nur knapp zwei Stunden für den ganzen Austausch. Der Bus wird abgebockt, wir steigen ein. Der Motor springt sofort an, läuft gleichmäßig, ruhig.

»Na bitte«, sagt Pierre. »Es geht doch ...«

»Schon gut«, sagt Daniel. »Wir fahren nach Cantobre, duschen, holen die Frauen ab. Heut abend wird gefeiert.«

»Und bezahlt«, grinst Pierre.

*

»Zum Feiern ist es noch zu früh«, sagte Trudi. »Nächste Woche, nach der Lehrprobe. Und dann endlich Ferien.«

»Und keine Reise.«

»Nicht schon wieder, Kurt.«

Nein, nicht schon wieder. Sie hat ja recht.

Mit der Post kamen heute die ersten Urlaubsgrüße unserer durch die Wirklichkeit der Welt bummelnden Freunde. Florenz, schrieben Bärbel und Michael, sei nicht sonderlich aufregend. Aber die Museen! Die Ansichtskarte zeigte einen nackten Mann von Michelangelo. Toll sei es in Sardinien, aber Jamie und Klaus schrieben auch, wiewohl etwas zwischen den Zeilen, daß es doch irgendwie fast zu heiß sei. Hier regnete es zuverlässig in die Sommerferien hinein. Und Hilde und Jan, von Ceylons Exotik offenbar heftig beeindruckt, murrten zurückhaltend übers ungewohnte, aber interessante Essen.

Wir nehmen erstmal einen Aperitif. Das Treiben auf dem Marktplatz hat nichts von der nervösen Hast des schnellen Einkaufs zwischen Büro- und Ladenschluß, die unsere Städte durchhechelt. Alles quirlt durcheinander, emsig, aber mit Gelassenheit, überall Zeit für ein kurzes Gespräch im Vorübergehen, freundliche Rufe über die Café-Tische hinweg. Wir trinken Pastis, sehen zu, schweigend, entspannt. Das Glas an den Lippen, ein Eisstück schwappt schmelzend an meiner Nase. Ich habe den Stuhl zurückgekippt, wippe auf den Hinterbeinen. Zigarettenrauch steigt in den Himmel, gegen den der Block des Kirchturms wie ewig steht. Die Luft streicht um mein Gesicht, meine Arme. Meine Haut fühlt sich jung an. Die Bewegungen sind leicht. Es ist sehr einfach, hier zu sitzen. Zu schauen. Zu lächeln. Man kann sich leicht fühlen. Man darf. Man darf hinter Vögeln herziehen mit den Blicken. So ins Blaue. Warum bleiben wir eigentlich nicht länger hier? Oder immer? Ewiger Urlaub. Nein, das ist es nicht. Die Sorgen kommen nach.

»Gab es in Cantobre eigentlich mal ein Schloß?« will Trudi wissen.

»Eine Burg, glaube ich«, sagt Pierre.

»Nein, Schloß«, bestimmt Trudi.

»Wenn du willst...«, sagt er.

»My home«, Nicole sagt 'ome, »is my castle.«

»Zu Haus ist in meinem Kopf«, sagt Daniel.

»Zu Haus ist wo die Liebe ist«, sagt Sylvie.

»Zu Haus ist wo noch keiner war, würde Feuerstein sagen«, sage ich.

»Quatsch«, sagt Trudi, »zu Haus ist wo die Rechnungen ankommen.«

Und damit hat sie schon wieder recht. Oder vielleicht doch nicht so ganz?

»Hier ist die Rechnung für den Motor«, sagt nämlich Daniel und legt sie auf den Tisch.

»Und was kostet das Einbauen.«

»Soviel ihr wollt.«

»Das ist schon bezahlt«, sagt Nicole. »Die beiden haben schließlich beim Backen geholfen.«

»Das können wir nicht annehmen«, sagt Trudi energisch.

»Dann zahlen wir gleich das Essen im Restaurant«, schlage ich vor.

»Das können wir annehmen«, sagt Pierre.

»Gott, bin ich hungrig«, sagt Sylvie und leckt sich die Oberlippe.

*

Eine mediterrane Stadt. Strahlend weiß, überhitzt, staubig. Vom Hafen beständig eine Brise, die nicht kühlt. Sie hocken vor den Häusern, in Cafés, auf Boulevards. Marseille? Casablanca? Autoverkehr, hektisch, chaotisch, laut. Fiebrig. Gewimmel. Ich bin Beobachter und zugleich Teil einer fließenden Masse, die vorbeiströmt und durch mich hindurchzieht. Ich lasse mich treiben, Straßen, Bazare. Höre Rufe der Händler, Flüstern von Zuhältern. Sehe Frauen nach, einigen in die Augen. Ich folge keiner. Verschwitzt sitze ich in einem der Cafés, trinke etwas Kaltes. Eiskaffee? Die Sahnehaube auf der dunklen Flüssigkeit, durch die mir ein Strohhalm entgegensticht. Langeweile. Entspannung. Eine Frau fährt vorbei auf einem uralten Motorrad. Ich sehe sie nur von hinten. Langes, dunkles, fast schwarzes Haar weht im Fahrtwind, sticht grell ab vom Weiß der Mauern, vom Weiß ihrer Bluse, die sich im Wind bauscht. Ich springe auf. Das muß sie sein. Winke einer Taxe. Folgen Sie dem Motorrad. Wer muß das sein? Ich weiß nicht. Sie ist es aber. Ich kenne sie genau. Wenn sie sich einmal umdrehen würde. Sie fährt durch die Stadt, wie ziellos. Der Taxameter steht auf vierundzwanzig Mark. Wieso Mark? Hier am Mittelmeer? Ich folge ihr ständig. Wir erreichen den Stadtrand. Tankstellen, Wegweiser, die Häuser an den Straßenrändern vereinzelt. Dazwischen Gärten, Zypressenhaine, Olivenbäume an Berghängen. Die Stadt liegt weit hinter uns. Wir fahren in die blaue Landschaft, die näher rückt. Immer nach Süden. Die Straße steigt gemächlich an. Dann steil. Direkt in die Sonne. Da dreht sie sich um. Es ist Trudi. Natürlich, wer sonst? Sie lacht und winkt. Die Sonne wird immer heller. Das ganze Bild ist grell überblendet. Dagegen läßt sich nicht ansehen. An den Rändern tritt bräunliche Färbung auf. Wie an alten vergilbten Fotos. Das Bild beginnt zu wackeln. Zu schwanken. Es zittert. Der Film reißt.

Das Fensterkreuz teilt den Himmel in sechs Rechtecke. Es ist früh. Im oberen linken Rechteck steht für einen Augenblick eine Wolke, sehr weiß und ungeheuer oben. Sie zieht vorbei. Heute ziehen wir weiter.

Wenn ich mir diese Strähne von Trudis Haar direkt

vor die Augen halte, verschwimmt alles wie auf einem unscharfen Diapositiv. Sonnenlicht legt sich um die einzelnen Härchen, die auf einmal groß werden, selbständig. Jedes Haar funkelt für sich allein. Zusammen sind sie das Haar.

Heute fahren wir weiter. Eigentlich fahren wir heute erst los. Heute beginnt die Reise. Es wird Zeit. Es wird auch Zeit, allein zu sein, mit Trudi. Hier verwischt sich zu viel. Ein märchenhaftes Einvernehmen. Es dauert nicht. Kein Problem ist verschwunden. Sie fahren immer mit.

Ich könnte noch eine Stunde schlafen.

XIV.

Noch eine Woche bis zu Trudis Lehrprobe, bis zum Beginn der großen Ferien. Wir lagen im Bett und lasen; ich für meinen Lehrauftrag und sie offenbar immer noch pädagogische Fachliteratur. Seltsamerweise lachte sie dabei.

»Ist das so komisch?« fragte ich.

»Es geht. Es ist... Irgendwie ist es... Also, hör dir das an. Hier steht, die Ausschließlichkeitsforderung in einer Zweierbeziehung sei der Verzicht auf Vielgestalt, sei das Opfern von Abenteuern, sei die Weigerung, Menschen kennenzulernen, sei die Nichterfüllung von Phantasien und Träumen. Wenn ich mich ganz und gar dem anderen hingebe, verlange ich von ihm, daß er die Gesamtheit der Phantasien und Antriebe befriedigt, mit denen die Welt mich reizt. Der erwählte Partner hat den Auftrag, das ganze Spektrum der ausgeschlossenen Geschöpfe abzudecken. Und so weiter. Kurt, deck ich dir auch schön alle ausgeschlossenen Geschöpfe ab?«

»Was liest du denn da für einen Schmarren? Das hat doch wohl nichts mit eurem Gruppenprojekt zu tun, oder?«

»Natürlich nicht. Hat Peter mir geliehen, das Buch.«

»Zeig mal. Aha. Kommt mir irgendwie bekannt vor, diese Kompliziertheit. Ich glaube, Feuerstein hat mir da neulich auch was draus vorgelesen. Es klang ähnlich.«

»Feuerstein? Ich denk, der liest nur Belletristik.«

»Na und? Wenn *das* keine Belletristik, oder zumindest eine Anleitung zum Phantasieren ist, dann weiß ich auch nicht mehr weiter.«

*

»Ob er noch schläft?«
»Frag ihn doch mal.«
»Vielleicht träumt er grade was Schönes.«
»Wenn man wach ist, träumt sich's noch viel besser.«

Ein Finger fährt mir über Scheitel, Stirn, Nase, Mund, Kinn, Hals auf die Brust, schmiegt sich dort in Trudis Hand, die schon da ist. Ich lege eine Hand zu den beiden. Drei Hände tasten in den letzten Morgen.

»Hallo, ihr beiden«, sage ich und sehe mich um. Sylvie, Trudi und ich sind allein.

»Hallo, du einer. Sag schnell, bevor du's vergißt: was hast du geträumt?«

»Von alten Filmen oder so. Filmriß... Seltsam. Irgendwie auch von früher.«

»So, so. Von früher. Und was hältst du von heute?«

Sylvie beugt sich über mich, fährt mit der Zunge über meine Lippen, während Trudis Hand von meiner Brust in Richtung Nabel wandert. Von unten die Stimmen der anderen, lachend, vertraut. Kaffeeduft, das Geräusch der Dusche, Daniel:

»Was macht ihr da oben?«
»Wir wecken Kurt.«
»Soll ich helfen?«

»Nein, wir schaffen's schon zu zweit.«

Sie verschränken ihre Hände über meinem Bauch und reden über meinen Kopf hinweg.

»Find ich echt gut, deinen Freund«, sagt Sylvie.

»Ja, manchmal ist er süß«, sagt Trudi.

»Er kann so hilflos sein«, sagt Sylvie.

Sie kichern. Sie ziehen das Laken weg. Sie beugen sich über mich. Ich gerate in gespannte Aufmerksamkeit.

»Trudi, sieh mal. Was ist das?«

»Ja, das weiß ich auch nicht.«

»Mein altes Getriebe«, sage ich. »Daniel meint, es sei völlig in Ordnung.«

»So? Sagt er das? Auch bei hoher, auch bei doppelter Beanspruchung?«

»Ich denke schon.«

»Du denkst. Fühlt sich aber tatsächlich gut an, doch doch.«

»Ehrlich? Laß mich mal. O ja...«

O ja. Sie machen sich lustig über mich. Sie machen mir Lust. Ich suche nach Worten für diese Lage, aber je länger sie anhält, desto weniger interessieren mich die unzähligen Möglichkeiten, sie zu beschreiben, zu benennen. Es ist bloß wunderbar. Unbekannte Gefühle. Mit geschlossenen Augen liegen und spüren, daß man sechs Hände hat. Wer ist wer? Was gehört wem? Das ist alles egal. Es löst sich auf, weicht der Wahrnehmung eines dreifachen Einverständnisses, dreifachen Vergessens des Einzigseins, der Grenzen. Da sind nicht mehr Sylvie, Trudi und ich, da ist nur noch Körper. Da sind ganz einfach wir.

Weil ich zu guter Letzt nicht auch noch sentimental werden möchte, sage ich jetzt gar nichts über das letzte Frühstück und mache den Abschied kurz. Auf jeden Fall beneide ich Trudi, daß sie bei Gelegenheit weinen kann.

Wir packen zusammen und zum Abschied küssen wir alle. Das ist dort so üblich. In Frankreich versteht man dies viel besser.

Wir sagen gar nichts.

»Na bitte«, sagt Pierre, »es geht doch, wenn...«

Jean-Jacques bellt dazwischen.

Wir passieren die Stelle, an der wir die Panne hatten.

»Hier war das«, sagt Trudi.

»Jetzt sind wir vorbei«, sage ich.

»Und jetzt also Marokko«, sagt Trudi.

»Warum nicht?« sage ich.

Als wir auslaufen, ist es dunkel. Die Fähre zieht in etwas Schwarzes. Man sieht aber den Mond und sein Spiegelbild auf dem ruhigen Wasser.

Und ganz hinten am Horizont undeutlich einzelne leuchtende Punkte. Positionslichter. Manchmal schwimmen sie ineinander. Verfließen...

XV.

Feuerstein war noch nicht da. Ob er mich zappeln lassen wollte?

»Der kommt schon noch«, sagte Sebi und schenkte mir den zweiten Roten ein. »Muß sich schließlich noch seine Post abholen.«

Es ging nämlich das unbestätigte Gerücht um, Feuerstein ließe sich sogar seine Post in die »Alte Mühle« schicken.

Schließlich kam er, mit gut einstündiger Verspätung; das Manuskript, das ich ihm vorgestern zum Lesen gegeben hatte, trug er unter dem Arm. Er machte einen abgehetzten Eindruck, ließ sich schwer auf den Stuhl fallen und bestellte einen doppelten Cognac, den er kippte, um sich dann wie ein Hund zu schütteln.

»Das war das«, sagte er. »Entschuldige, daß ich so spät... Petra, du verstehst? Sprachnot.«

Er machte eine völlig undefinierbare Handbewegung, als wäre er Gast bei Robert Lembkes »Heiterem Beruferaten«.

»Und?« fragte ich ziemlich gnadenlos.

»Und was?«

»Was ist denn nun mit meinem Text? Wie findest du den?«

Er stöhnte und strich nervös auf dem Packen Papier herum.

»Ja. Doch. An und für sich... ganz nett. Ich meine, soweit...«

»Was heißt soweit?«

»Soweit heißt... Sebi, noch zwei Côte du Rhone. Ja. Ich frage mich ernsthaft, Kurt, wann du nun endlich mit der Geschichte anfangen willst.«

»Anfangen? Sie ist doch fertig.«

Er sah mich streng an.

»Das kann doch nicht alles sein.«

»Doch. Wieso denn nicht? Ist doch alles klar am Schluß.«

»Machst du Witze? Was du da hingeschrieben hast, ist doch überhaupt nicht deine oder eure Reise. Die geht doch erst auf der allerletzten Seite los. Du schreibst immer nur von einer, sagen wir mal verzögerten Abfahrt. Das ist eine Exposition für einen Reiseroman, meinetwegen. Jetzt fängts ja erst richtig an.«

»Nichts fängt an. Ich hör auf. Morgen macht Trudi Lehrprobe. Und dann sind Sommerferien und...«

Er schüttelte mißbilligend den Kopf.

»Kurt, Kurt. Nun ja, du bist halt kein... wie soll ich sagen?«

»Dichter?«

»Dichter, ja. Was hätte der machen können aus meinem schönen Stoff.«

»Dein Stoff? Ich hör ja wohl nicht richtig.«

»Streitet euch nicht«, sagte Sebi, als er den Wein brachte. »Und schon gar nicht um Papier. Das ist doch nichts.«

»Na gut«, seufzte Feuerstein etwas friedfertiger. »Beschränken wir uns also nur mal auf diese Exposition, die du da... Warum, um Gottes willen, holst du denn dauernd all das in den Text hinein, wovor du wegfahren willst? Hamburg, Beziehungskistenkleinkrieg, die ganze Leidensgeschichte. Und dann auch noch mich! Du siehst mich, wie soll ich sagen? Irgendwie verzerrt.«

Das war es also. Er sah sich verzerrt gesehen.

»Ich denk, an dir ist eine Romanfigur verloren gegangen?«

»Schon, ja. Aber doch nicht so eine. Und dann auch noch Petra. Daß du das ausplauderst...«

»Tut mir leid«, sagte ich. »Läßt sich da was retten?«

»Wir brauchen ein Pseudonym für mich«, schlug er lebhaft vor. »Ich hab mir auch schon eins überlegt.«

»Und das wäre?«

»Feuerstein«, sagte Feuerstein. »Du mußt dann nur die Passage im zweiten Kapitel ändern, wenn du mich einführst, und im laufenden Text den Namen.«

»Wenn damit Ruhe und Frieden ist...«

Er nahm einen tiefen Schluck.

»Damit sieht die Sache schon viel freundlicher aus. Aber trotzdem meine dringende Frage: warum dauernd von Hamburg reden, wenn du in Cantobre schweigend in den Himmel gucken kannst?«

»Vielleicht Realismus?« bot ich an.

»Realismus!« Das Wort schien ihm körperlich weh zu tun. »Zwei Wein noch! Auf meinen Deckel. Eine imaginäre, einigermaßen empfindsame Reise und Realismus? Bist du denn von Sinnen? Nein nein nein...«

»Dann weiß ich auch nicht. Ist doch schließlich auch scheißegal.«

»Egal? Kurt, in der Literatur ist nichts egal. Aber, warte mal, ich glaub, ich hätte da was. Ja, so könnte man's... ja.«

Er verdrehte die Augen zur Kneipendecke, als sähe er nicht nur sein Zitatenarsenal, sondern Sterne.

»Was aber meine Triebfedern waren«, sagte er feierlich, »denn ich schreibe nicht die Schwachheiten meines Herzens auf der Reise zu verteidigen, sondern zu erzählen, soll ebenso unverhohlen beschrieben werden als ich es empfand. Genau. So geht das dann klar. Voll legitimiert.«

»Soll mir recht sein«, sagte ich. »Triebfedern also. Trudi als Trieb... na ja. Allerdings bist du als Figur dann total gerechtfertigt.«

»Eben, eben«, nickte er eifrig.

»Dann ist ja alles klar«, hoffte ich etwas voreilig.

»Alles klar? Spinnst du? Du mußt jetzt noch die Fülle der anderen Möglichkeiten einbauen.«

»Was für Möglichkeiten?«

»Zwei Wein noch! Ich bitte dich, Kurt. Der Text ist doch so, wie er ist, eine Wundertüte der vertanen Möglichkeiten, der verpaßten Chancen. Literaturtechnisch, mein ich. Ansonsten hast du's dann ja doch noch gebracht. Also, paß auf. Gleich am Anfang, wenn ihr die Panne habt. Das machen wir doppelbödig. Stell dir mal vor, wir lassen die Geschichte zwar weiterlaufen, wie du vorschlägst...«

»Aber?«

»... aber zugleich lassen wir Trudi parallel zu dir zu phantasieren anfangen.«

»Trudi und phantasieren? Schwer vorstellbar.«

»Egal. Du bist doch der Autor, der Herr und Meister mit der Schreibmaschine sozusagen. Stell dir vor, sie stellt sich vor, oder meinetwegen auch du, daß ihr, wenn ihr in Cantobre seid, eine Reise macht. Das heißt, du oder sie macht dann die eingebildete Reise gleich zweimal, oder irgendwie...«

»Also sie will sich sicher nicht wegwünschen, so wohl wie sie sich da fühlt.«

»Gut. Dann stellst du dir das eben vor, als Figur, und als Autor ja sowieso.«

»Ich stell mir gar nichts mehr vor. Morgen gibt's Ferien.«

Feuerstein, vom vierten Glas Wein beflügelt, stellte sich aber immer noch mehr vor.

»Das ist unfair, Kurt. Erst Sylvie mauseln und dann einfach die Fliege machen. Was ist denn überhaupt mit diesen Leuten da, Sylvie, Nicole, Pierre, Daniel, der Hund noch...«

»Was soll schon sein mit denen?«

»Ja. Eben. Das ist doch die Frage. Da geht's doch erst los. Die brauchen eben alle ihre eigene, besondere Geschichte. Wo kommen sie her? Was haben sie früher gemacht? Warum leben sie so, wie sie leben? Da hast du dann auch gleich noch die ganze Aussteigerproblematik mit drin, Landkommunen und so, besseres Leben im falschen, diese Wunschprojektionen zurück zur Natur, sogar Ökologie könntest du da einbauen. Das ist alles eminent en vogue jetzt. Da läßt sich überall noch zwischengehen, das wuchert und wuchert, bekommt epische Dimensionen...«

»Nicht bei mir. Ich hab schließlich auch noch was

anderes zu tun, als mir deine Geschichten auszudenken beziehungsweise aus deinen Schnapsideen Geschichten zu machen.«

»Aber auf den Leser kannst du dich nicht verlassen«, mahnte er. »Wenn deine Einbildungskraft schon bei so winzigen Möglichkeiten schlapp macht...«

»Leser? Welche Leser?«

»Na, erstmal doch Trudi.«

»Ich weiß nicht...«

»Doch. Und wenn sie das liest, beobachtest du sie genau. Das kannst du dann später wieder in den Text einmontieren. Stell dir doch bloß vor, wir stellen uns vor, Trudi liest das jetzt. Und dann stellen wir uns vor, wie sie darauf reagiert, wie sie ihre Kommentare abgibt, wie sie selber ins Erzählen gerät, wie sie es beschreibt, wenn sie fühlt, wie es... Kurt, da ist echt noch jede Menge Saft drin. Noch zwei Wein?«

»Laß mal gut sein, Feuerstein. Ich muß jetzt gehen. Trudi etwas beruhigen. Die ist nervös, wegen morgen.«

»Ja, verstehe«, sagte er. »Aber denk dran, bau das alles noch ein. Das sind enorme Möglichkeiten. Ich helf dir auch.«

Als ich schon fast aus der Tür war, rief er:

»Du wirst sehen, es geht, wenn man nur will. Nur darf man...«

»Tschüs Feuerstein«, sagte ich.

XVI.

Mit einem Blumenstrauß wartete ich am Schuleingang. Dann kamen sie, die ganze Projektgruppe, Sektgläser in den Händen, Trudi und Neugebauer eingehakt.

»Sie war großartig«, lallte er mich an. »Meinen Glückwunsch zu der Frau.«

»Danke«, sagte ich und küßte Trudi.

Nun hatte sie also alles hinter sich, war glücklich und noch arbeitsloser als ich.

Abends gingen wir ganz groß essen. Bei einem stinkteuren Franzosen in der Schlüterstraße.

»Das war's aber wert«, sagte Trudi, als wir im Bett lagen. »Mußt du eigentlich immer rauchen hinterher?«

»Wieso nicht?«

»Weil, dann hab ich irgendwie das Gefühl, jetzt ginge es nicht mehr weiter.«

»Natürlich geht's weiter, irgendwie...«

»Und morgen«, sagte sie ganz unvermittelt, »morgen kauf ich mir erstmal was Vernünftiges zu lesen.«

»Was meinst du mit was Vernünftiges?«

»Na, einen Roman oder so was. Nichts Schweres. Nichts Pädagogisches. Nichts Theoretisches. Was zum Abschalten. Was Einfaches, Liebes mit blauem weitem Himmel darüber. Wo man Lust bekommt, zum Weiterlesen und so. Am besten, eine richtige Urlaubsgeschichte.«

»Brauchst du dir nicht zu kaufen.«

»Wieso?«

»Weil, äh... Hab ich da.«

»Hast du da? Seit wann liest du denn sowas?«

»Überhaupt nicht. Ich hab sie nur... geschrieben.«

»Du hast was? Eine Geschichte? Und geschrieben? Spinnst du?«

»Wahrscheinlich«, sagte ich, stand auf und holte das Manuskript.

»Voilà!«

Sie staunte mich an.

»Wie kommst du denn auf solche Ideen?«

»Ich? Überhaupt nicht. Das war eigentlich Feuersteins Idee.«

»Feuerstein, Quatsch! Sag mal, warum hast du das gemacht? Aber ehrlich.«

Mir fiel die Antwort nicht ein. Vielleicht gab es keine. Sie begann zu lesen, lächelte dabei. Meine Augen wurden schwer. Als ich einschlief, wußte ich die Antwort:

»Weil ich dich liebe. Ehrlich.«

Bestseller

rororo **Bestseller** aus dem Belletristik- und Sachbuchprogramm auch in **großer Druckschrift**.

Marga Berck
Sommer in Lesmona
rororo Großdruck 105

Roald Dahl
Küßchen, Küßchen! *Elf ungewöhnliche Geschichten*
rororo Großdruck 110

Friedrich Christian Delius
Die Birnen von Ribbeck
Erzählung
rororo Großdruck 132

Elke Heidenreich
Kolonien der Liebe
Erzählungen
rororo Großdruck 119

Ernest Hemingway
Der alte Mann und das Meer
Roman
rororo Großdruck 106

Raymond Hull
Alles ist erreichbar *Erfolg kann man lernen*
rororo Großdruck 122

Mascha Kaléko
Verse für Zeitgenossen
rororo Großdruck 111

Christian Graf von Krockow
Die Deutschen in ihrem Jahrhundert *1890-1990*
rororo Großdruck 103

Peter Lauster
Die Liebe *Psychologie eines Phänomens*
rororo Großdruck 104

rororo Großdruck

Rosamunde Pilcher
Ende eines Sommers *Roman*
rororo Großdruck 134

Ruth Rendell
Durch das Tor zum Himmlischen Frieden
rororo Großdruck 115

Oliver Sacks
Der Tag, an dem mein Bein fortging
rororo Großdruck 107

Kate Sedley
Gefährliche Botschaft *Ein historischer Kriminalroman*
rororo Großdruck 116

Anne-Marie Tausch
Gespräche gegen die Angst *Krankheit – ein Weg zum Leben*
rororo Großdruck 113

Ein Gesamtverzeichnis der Reihe *rororo Großdruck* finden Sie in der *Rowohlt Revue*. Jedes Vierteljahr neu. Kostenlos in Ihrer Buchhandlung.

Film und Fernsehen

John Updike
Die Hexen von Eastwick
(rororo 12366)
Updikes amüsanten Roman über Schwarze Magie, eine amerikanische Kleinstadt und drei geschiedene Frauen hat George Miller mit Cher, Susan Sarandron, Michelle Pfeiffer und Jack Nicholson verfilmt.

Bernd Schwamm
Die Gang *Der Roman zur Serie im Ersten*
(rororo 22112)

Christian Pfannenschmidt
Der Mann aus Montauk
Der neue Roman zur ZDF-Serie Girlfriends
(rororo 22267)

E. Beleites / E. Theophil
Männerpension *Das Buch zum Film von Detlev Buck*
(rororo 13933)
Die ungemein komische Story über zwei Knastbrüder und die Liebe – verfilmt mit Detlef Buck und Til Schweiger in den Hauptrollen.

Dieter Wedel / Sven Böttcher
Held *Roman nach dem Fernsehfilm «Der Schattenmann» von Dieter Wedel*
320 Seiten Klappenbroschur
(Wunderlich Verlag)

Oliver Sacks
Awakenings – Zeit des Erwachens
(rororo 8878)
Ein fesselndes Buch – ein mitreißender Film mit Robert De Niro.

Michael Friedman
Batman & Robin *Der Roman zum Film*
(rororo 22240)

rororo Unterhaltung

Boileau / Narcejac
Tote sollten schweigen *Der Roman zum Film «Diabolisch» mit Sharon Stone und Isabelle Adjani*
(rororo 13894)
Das Autorenduo lieferte mit diesem Buch die Vorlage zu einem atemberaubenden Film von Erfolgsproduzent Marvin Worth.

Quentin Tarantino &
Allison Anders / Alexandre Rockwell / Robert Rodriguez
Four Rooms *Das Buch zum Film*
(rororo 13955)
Gemeinsam mit drei anderen Regisseuren inszenierte Oskar-Preisträger Quentin Tarantino («Pulp Fiction») diesen furiosen Kultfilm mit Tim Roth, Bruce Willis, Madonna und Antonio Banderas.

Richard Woodley
Con Air
(rororo 22241)
Der Roman zum Film mit Nicolas Cage, John Malkovich und John Cusack in den Hauptrollen.

Romane und Erzählungen

Julian Barnes
Flauberts Papagei *Roman*
(rororo 22133)
«Dieses Buch gehört zur Gattung der Glücksfälle.» *Süddeutsche Zeitung*

Denis Belloc
Suzanne *Roman*
(rororo 13797)
«Suzanne» ist die Geschichte von Bellocs Mutter: Das Schicksal eines Armeleutekinds in schlechten Zeiten. «Denis Belloc ist der Shootingstar der französischen Literatur.» *Tempo*

Andre Dubus
Sie leben jetzt in Texas *Short Stories*
(rororo 13925)
«Seine Geschichten sind bewegend und tief empfunden.» *John Irving*

Michael Frayn
Sonnenlandung *Roman*
(rororo 13920)
«Spritziges, fesselndes, zum Nachdenken anregendes Lesefutter. Kaum ein Roman macht so viel Spaß wie dieser.» *The Times*

Peter Høeg
Fräulein Smillas Gespür für Schnee *Roman*
(rororo 13599 und als "Buch zum Film" mit vierfarbigen Fotos rororo 22210)
Fräulein Smilla verfolgt die Spuren eines Mörders bis ins Eismeer Grönlands. «Eine aberwitzige Verbindung von Thriller und hoher Literatur.» *Der Spiegel*

Laurie R. King
Die Gehilfin des Bienenzüchters *Kriminalroman*
(rororo 13885)

Ray Loriga
Vom Himmel gefallen *Roman*
(rororo 13903)
Ray Loriga, Jahrgang 1967, lebt in Madrid. In seinem mit Bitterkeit und schwarzem Humor getränkten Roman verfolgen Polizei und Medienmeute einen jugendlichen Killer quer durch Spanien.

Daniel Douglas Wissmann
Dillingers Luftschiff *Roman*
(rororo 13923)
«Dillingers Luftschiff» ist eine romantische Liebesgeschichte und zugleich eine verrückte Komödie voll schrägem Witz, unbekümmert um die Grenzen zwischen Literatur und Unterhaltung.

rororo Literatur